中共重庆市沙坪坝区委宣传部 编

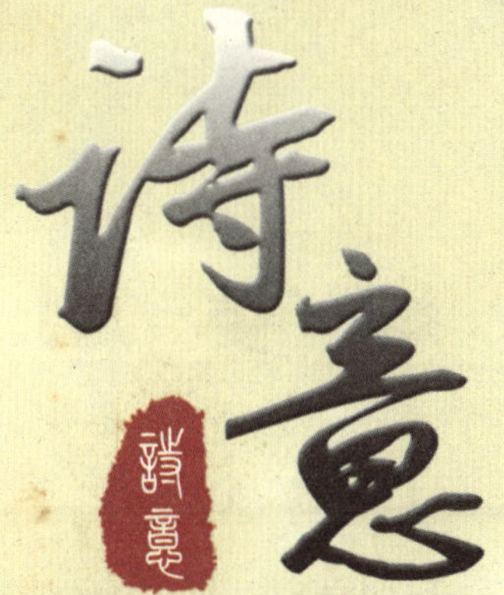

诗意沙坪坝

——中国当代诗人诗意镜像

主编◎林平

重庆出版集团 重庆出版社

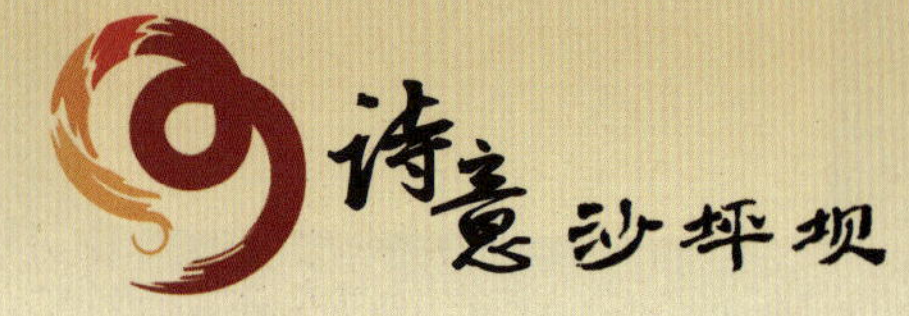
诗意沙坪坝

歌乐山

图书在版编目（CIP）数据

诗意沙坪坝 / 林平主编. —重庆：重庆出版社，2011.8

ISBN 978-7-229-04251-6

Ⅰ.①诗… Ⅱ.①林… Ⅲ.①诗集—中国—当代 Ⅳ.①I227

中国版本图书馆CIP数据核字（2011）第142983号

主编◎林 平

出 版 人：罗小卫

责任编辑：温远才 肖化化

装帧设计：文飞燕 黄 雪

重庆出版集团
重庆出版社 出版、发行

重庆长江二路205号 邮政编码：400016 http://www.cqph.com

成都新飞扬设计有限公司制版

重庆华林天美印务有限公司印刷

E-mail：fxchu@cqhp.com 电话：023-68809452

全国新华书店经销

开本：787×1092 mm 1/16 印张：7.5 字数：120千

2011年8月第1版

2011年8月第1次印刷

ISBN 978-7-229-04251-6

定价：58.00元

诗意沙坪坝，历史与人文的放歌

中国作家协会副主席、《诗刊》主编　高洪波

一百个当代诗人为一个地区歌唱，这本身就意味深长。这个地区就是重庆的沙坪坝。自周朝隶属巴国以来，沙坪坝距今已有3000多年历史。汉时欣欣向荣，先后形成磁器口、化龙桥及沙坪坝人口聚居的处所；唐宋而后，沙坪坝成古渝州的通都驿道，四通八达；清时，沙坪坝已是文化发达重镇，西里之首。其悠久的历史传统和深厚的人文底蕴，为历史文化名城重庆呈现出它作为主城区的独特魅力，在整个中国城市中心辖区中具有深远的影响。 重庆作为中国第四个直辖市，巴渝文化博大深远、独树一帜，已经成为中华文化宝库中不可复制的灿烂瑰宝。其中沙坪坝作为中国大后方四大文化区之一，抗战遗址密集，国共和谈见证，这里有百年学府、千年古镇，融沙磁文化、抗战文化、红岩文化于一炉。抗日战争爆发后，重庆襟江背岭，成为战时陪都。随着政治、经济和文化中心的转移，全国军政、文学、科学、艺术、教育、理论学术、经济等诸多领域的名人要员，如冯玉祥、张治中、郭沫若、冰心、巴金、老舍、臧克家、张伯苓、李四光、马寅初、阳翰笙、徐悲鸿、傅抱石、丰子恺等名扬中外的泰斗人物云集沙

坪坝区，沙坪坝成为国统区著名的文化区，盛极一时，蜚声中外。

这是历史留给沙坪坝的一笔文化财富。众所周知，中国是诗歌的国度，自古以来，诗人们就以大量脍炙人口的写景诗篇，为人类留下了丰富而珍贵的精神瑰宝。很多景物、地点，就因其相应的诗歌名篇而彪炳史册和流芳百世。江山须得文人助，而诗人是文人中的佼佼者，诗歌，能以其独特的艺术品质和精神力量，为大地山川的美情美景赋予更深厚的文化价值和历史意义。欣喜的是，今天我们在这本书里看到了当代诗歌为沙坪坝留下了弥足珍贵的文化记忆。

这是沙坪坝区委宣传部组织创作、编辑出版的《诗意沙坪坝》一书，邀请了叶延滨、李小雨、梁平、郁葱、商震、娜夜、荣荣、马新朝、林雪、李元胜、子川、靳晓静等当代中国100名优秀诗人，以图片配诗的方式，诗情画意地展示沙坪坝悠远的历史文明、独具特色的现代精神文明和花团锦簇的生活美景。这是对建党90周年的特别献礼，也是沙坪坝区委深入贯彻落实重庆市委关于建设文化强市的一项独特的文化工程。我以为，这对于提升沙坪坝乃至重庆的文化形象和文化品位、推动沙坪坝的红色旅游建设、打造红岩文化名城具有积极的意义。这100首当代中国诗人集中书写沙坪坝的诗歌，也将成为沙坪坝一笔新的文化财富流传给我们的下一代，成为沙坪坝在当代中国的一抹全新的诗意。 这是诗意的沙坪坝，这是文学的沙坪坝，这也是充满文化自觉与文化自信的沙坪坝。我们相信，在社会各界的大力支持下，有全区人民的共同努力，沙坪坝的明天将会更加灿烂而美好、更加美丽而富饶！

2011年6月12日

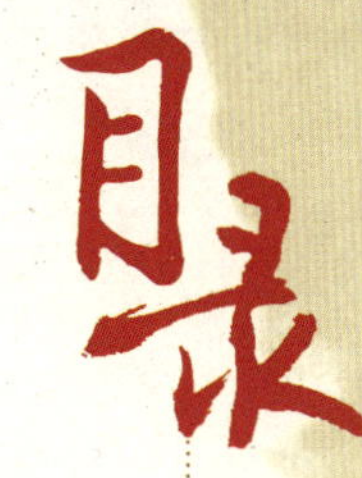

序 诗意沙坪坝，历史与人文的放歌

中国作家协会副主席、《诗刊》主编 高洪波 001

上辑 历史记忆

献给这座灯塔 北京/ 叶延滨 002
用竹筷子写诗的人 北京/ 李小雨 003
郭沫若故居 河北/ 郁 葱 004
渣滓洞 上海/ 汗 漫 006
江水是江山的一部分 山西/ 雷 霆 007
雕刻时光的房子 北京/ 张绍民 008
在歌乐山烈士陵园 山东/ 邰 筐 009
诗传单 湖北/ 余笑忠 010
重庆大学江边防空洞 江苏/ 许 强 011
过白公馆想起小萝卜头宋振中 湖北/ 哨 兵 012
寅初亭 重庆/ 白 月 013
还都纪念碑 四川/ 胡应鹏 014
抗战教育启示录 甘肃/ 阳 飏 015
打开一扇窗户 甘肃/ 古 马 016
津南村 重庆/ 赵兴中 017
寸心不言，春晖无尽 四川/ 杨 通 018
蒋介石公馆 四川/ 梁 平 019
江姐 重庆/ 洋 滔 021
向中共南方局致敬 山东/ 赵大海 022
懂事的小植物 广东/ 老 刀 023
在林森墓前 广东/ 吴乙一 024
题重庆林园里的谈判桌 江苏/ 张作梗 025
电台岚垭烈士殉难处 四川/ 李龙炳 026
冯玉祥旧居 北京/ 朱 零 027
红歌嘹亮 浙江/ 杨 方 028
老鹰跨线桥 福建/ 汤养宗 029
一阵风吹过 广东/ 卢卫平 030

美龄楼 天津/ 林 雪 031
你的微笑 辽宁/ 苏 浅 032
沙坪坝，大学城里的星期天 广东/ 张慧谋 033
写给胡其芬烈士的20行诗 北京/ 安 琪 034
林森官邸 甘肃/ 李满强 035
百鸽飞翔 四川/ 王志国 036
停泊在沙坪坝的春天里 甘肃/ 包 苞 037
英雄雕像 安徽/ 徐 红 039
穿透时间的迷雾 四川/ 白鹤林 040
隧道 浙江/ 高鹏程 041
光影中的树人学校 福建/ 浪行天下 042
重庆林园 山东/ 阿 华 043
我要送给你木棉花和半开的玫瑰 重庆/ 金铃子 044
嘉陵江风像母爱徐徐抚过老舍的头发 重庆/ 西 叶 045

下辑 人文锦绣

复兴寺 河北/ 李 南 048
飞雪岩 浙江/ 荣 荣 049
洋房子 四川/ 靳晓静 050
歌乐山云山九叠 甘肃/ 娜 夜 051
国音台 河南/ 马新朝 052
夜词例，或磁器口更夫 四川/ 凸 凹 053
咏钦龙斋毛笔 北京/ 唐 力 054
有凤来兮 北京/ 娜仁琪琪格 055
人间好茶 北京/ 谷 禾 057
青木关 北京/ 大 卫 058
这满山都是音符 四川/ 熊 焱 059
梁滩河的清澈回眸 湖南/ 谈雅丽 060
重庆沙坪坝的川剧打击乐 北京/ 洪 烛 061
高山一日 甘肃/ 郭晓琦 062
嘉陵江 江西/ 邓诗鸿 064
变脸 广西/ 刘 春 065
清静 广西/ 黄 芳 066
大禹会诸侯 四川/ 瘦西鸿 067
五云山寨 江苏/ 子 川 068
文昌宫古寨门 江苏/ 胡 弦 069

读珂璜云顶寺山洞题刻有感	甘肃/ 人 邻	070
巴渝书场写意	甘肃/ 谢荣胜	071
场景：艺术家村	浙江/ 潘 维	072
我没去过三峡广场和重庆	辽宁/ 宋晓杰	073
磁器口：那些来来去去的影像	四川/ 周世通	074
暮色中的巴渝民居馆	重庆/ 李元胜	076
春在沙坪公园	陕西/ 横行胭脂	077
磁器口的陶器	山东/ 王夫刚	078
鑫记杂货铺	重庆/ 刘东灵	079
精灵的飞翔	辽宁/ 李轻松	080
手艺的思想	河北/ 殷常青	081
宝轮寺的香火	山东/ 尤克利	082
小重庆碑	山东/ 韩宗宝	083
古镇磁器口上的钟家院	浙江/ 江一郎	085
二郎关之魅	陕西/ 三色堇	086
重庆莲花湖	北京/ 商 震	087
为重庆海石公园题照	山东/ 孙方杰	088
回龙桥	河北/ 晴朗李寒	090
题冰心公寓	湖北/ 张执浩	091
琴之书	安徽/ 许 敏	092
磁器口翰林院	江苏/ 孔 灏	093
阳光如音符洒落重庆七中	广东/ 黄金明	094
岁月从门口走过	四川/ 王国平	095
红歌石	山东/ 王黎明	096
致重庆大学校门	重庆/ 唐 诗	097
美院的脸	重庆/ 刘清泉	098
天鹅的青春	重庆/ 冉仲景	099
绿色的风	湖南/ 邓朝晖	100
阅读时光	江苏/ 苏 宁	101
重庆档案馆	上海/ 陈忠村	102
爱上西西弗	福建/ 黑 枣	103
就在这里……	四川/ 罗 铖	104
我所有痴心的旋转	湖北/ 阿 毛	105
戒牛辞	山西/ 王文海	106
从重庆出发、从长江出发	浙江/ 东方浩	107
兵工库的春天	山东/ 路 也	108
梧桐居西永	河北/ 胡茗茗	109
素描沙坪坝	浙江/ 唐以洪	110

诗意沙坪坝
中国当代诗人诗意镜像

上辑

历史记忆

叶延滨 当代诗人，编审，原《诗刊》主编，享受国务院政府津贴专家。著有诗集多部。曾获中国作家协会优秀中青年诗人诗歌奖、第三届中国新诗集奖等40余项奖励。

献给这座灯塔

——题重庆沙坪坝烈士群雕

■ 北京/叶延滨

茫茫长夜里
天空如墨，黑色的天空
翻滚着乌云的巨浪
大海如漆，黑夜的云朵
飘浮着岁月的眼泪

这烈士的群雕，就是红色的岩石
如血一样红一样地燃烧
要烧红这片天地的红岩啊
举起一座灯塔
举起一束光明的利剑

黑暗从此不再永恒
苦海从此不再无涯
灯塔划过长空划破狂涛
星星闪烁
东方既白

有谁在问
如今那座灯塔还在发光吗？
我用微笑当做回答
我知道那一束灯塔之光
每时每刻照亮我的心海……

重庆沙坪坝烈士群雕

李小雨　当代诗人，编审。著有诗集多部。曾获全国优秀新诗集奖、庄重文学奖等多种奖励。现为《诗刊》常务副主编。

用竹筷子写诗的人

——给周从化烈士

■ 北京/李小雨

将军，今晚，你用竹筷子
在黑暗潮湿的监狱的壁上
用颤抖的手深深刻下
“仗剑虎山行……成功济苍生”

你的笔，你的指纹，是与
墙壁上的土一样的颜色
是与铁窗外的土地一样的颜色
你的笔锋，是凛然的竹
是你烧毁旧社会的一根火柴
是你的一根坚硬的肋骨
是枪林弹雨中的闪电和雷鸣
是你的最后的投枪
它要把沉重的铁镣和这牢房
都化为灰烬……

而你刻下的诗行
是你54岁鲜血的流淌
它像一片片斑驳在黎明前的火光
从墙到墙，从眼睛到灵魂

那磨秃的竹筷啊
从你，我认识了诗歌
它生长在最后的弹孔中，并有
竹的忠贞和血的生命

渣滓洞周从化烈士雕像

郁　葱　当代诗人，编审。著有诗集多部。曾获鲁迅文学奖、河北振兴文艺奖等多种奖励。现为《诗选刊》主编。

郭沫若故居

■ 河北/郁　葱

想起你，如同走进你的故居：
有那么多的曲径，
有那么多的回廊，
有那么多的妍丽，
也有那么多的未知。

哪些门曾经是你的踟蹰？
哪些窗曾经是你的徘徊？
你端坐在这里，
至今没有告诉我们，
哪些已经是定论，
哪些，依然是谜。

你执着于历史，
但你也成为了历史。

郭沫若旧居

经年中有你的光华也有你的黯淡，
但你毕竟是一个经典，
和一个奇迹。

你是一位诗人，
这让我想起另一位诗人著名的诗句，
他说的“有的人”，
似乎是在说每一个人。
此时，一个您的晚辈在感慨：
您活着的时候，曾经死过，
而您逝去之后，
却这样沉厚、从容地
活着！

汗　漫　当代诗人。著有诗集多部。曾获《星星》诗刊年度诗歌奖、首届河南文学奖等多种奖励。

渣滓洞

■ 上海/汗　漫

这些黯淡的房子是无辜的
像周围的绿树、野草、流水一样无辜

这些黯淡的瓦、屋檐、窗口是无辜的
是那些罪人们热衷于让万物都成为罪证

这些黯淡的房子是有幸的
像周围的绿树、野草、流水一样有幸——

残留一丝烈士们的呐喊和体温
而大部分呐喊和体温已经转化为闪电和春天

重庆上空的云朵柔情万端
夜晚的雨声，如同烈士遗书中对爱人的叮咛……

渣滓洞

雷　霆　当代诗人。著有诗集多部。曾获赵树理文学奖等多种奖励。

江水是江山的一部分

——想起华子良

■ 山西/雷　霆

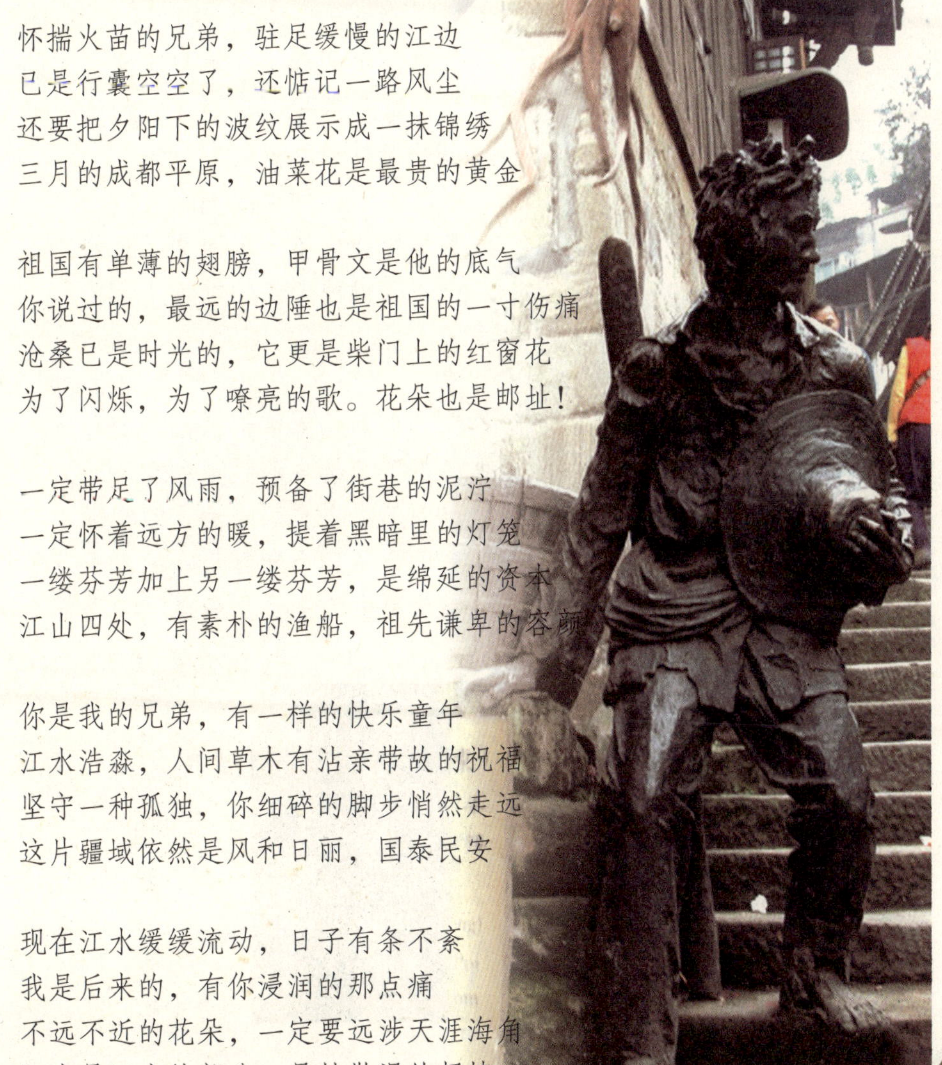

怀揣火苗的兄弟，驻足缓慢的江边
已是行囊空空了，还惦记一路风尘
还要把夕阳下的波纹展示成一抹锦绣
三月的成都平原，油菜花是最贵的黄金

祖国有单薄的翅膀，甲骨文是他的底气
你说过的，最远的边陲也是祖国的一寸伤痛
沧桑已是时光的，它更是柴门上的红窗花
为了闪烁，为了嘹亮的歌。花朵也是邮址！

一定带足了风雨，预备了街巷的泥泞
一定怀着远方的暖，提着黑暗里的灯笼
一缕芬芳加上另一缕芬芳，是绵延的资本
江山四处，有素朴的渔船，祖先谦卑的容颜

你是我的兄弟，有一样的快乐童年
江水浩淼，人间草木有沾亲带故的祝福
坚守一种孤独，你细碎的脚步悄然走远
这片疆域依然是风和日丽，国泰民安

现在江水缓缓流动，日子有条不紊
我是后来的，有你浸润的那点痛
不远不近的花朵，一定要远涉天涯海角
江水是江山的部分，是她散漫的抒情

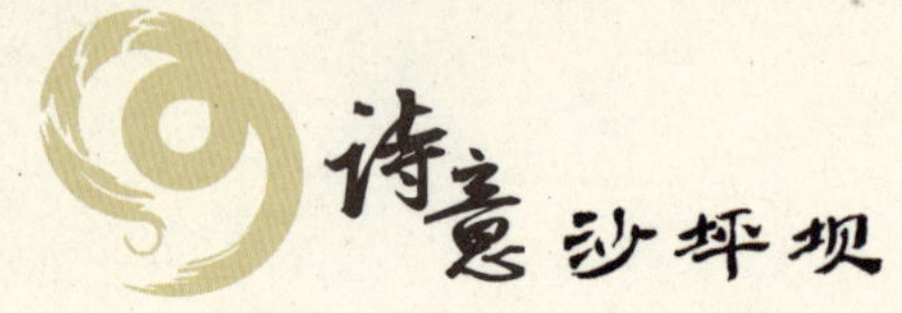

张绍民 当代诗人。著有诗集多部。曾获金拇指奖等多种奖励。

雕刻时光的房子

——重庆马歇尔公馆印象

■ 北京/张绍民

一

房子记得自己度过的所有难忘时光
那历史的容器，四处透风到处都漏
　出时间
那过去，展望今天，就像在展望回忆
而今天，回顾过去，就像在回顾心灵
在房子里思考光明、安宁与和平

二

何曾不喧嚣，何曾不呐喊
何曾不热血，何曾不大义
那时光冲不走的，就永恒了怀念
那真理铸就的身影，永不离去
那离去的，只有败走的非真理

三

昔日追求的和平，留给了我们悠闲
昔日雕刻的光，照亮了我们的呼吸
房子记得，那点灯者是光
照亮了灯，从而照亮天下
那思考的影子，也照亮了我们
成为时机冲不走的补丁

四

房子也是一本笔记，记下了时光
记下了那么多的举止和言语
记下了一个美国人远走的背影
更记下了三个来自延安的汉子走得铿锵有力
翻开历史的书页，房屋至今温馨如斯

马歇尔公馆

郜　筐　当代诗人。著有诗集多部。曾获华文青年诗人奖、泰山文艺奖等多种奖励。

歌乐山烈士陵园

在歌乐山烈士陵园

■ 湖北/郜　筐

在这里，没有什么可以被打扰
清风吹荡一片山河的气息
连群峰也在接受落日无言的教育
多么安静。只有那些高尚的灵魂
才配得上这里的安静
而被尘世的绳子拴住的人们，不配
远处那两条浑浊的江水，也不配
白头翁在啼叫。高一声低一声
仿佛在唤着谁的乳名
没有谁肯出来答应
那些松柏不，那些野花不
那些碑石也不

是的，白头翁在啼叫，
　长一声短一声
一定在唤着谁的乳名

余笑忠 当代诗人。曾获第二届中国年度诗歌奖等多种奖励。现为电台主持人。

诗传单

——为歌乐山抗战文化风情街而作

■ 湖北/余笑忠

当我们的领空像一张纸
任敌寇的机翼肆意蹂躏
这里，长江，嘉陵江
流淌着屈辱的血泪
这里，智慧的大脑，时代的歌者
陷入受刑的寒夜

但是，有人自黑暗中
点起一盏灯
小桔灯微弱的光亮
一半用于照见自身，一半用于
照见复仇的勇士
于夜雨中，雾霭中
以血指立下誓言：
“在一切的尽头，是日出。”

歌乐山抗战文化传统街区风貌

重庆大学江边防空洞

许 强 当代诗人。著有诗集多部，系打工诗人重要代表。

重庆大学江边防空洞

■ 江苏/许 强

一座历史之碑令人仰望
幽暗的防空洞，深不可测

时间在这里定格：1938年10月
中共重庆市沙磁区第一届委员会在此成立
从此，革命的煤油灯
把黑暗当做取之不尽的柴火，熊熊点燃

这蜿蜒的防空洞，在时空的变幻中
越来越小，最后小得
像一根导火线
而从防空洞内引爆出的革命热潮，像巨大的地震
炸碎黑暗，迎接光明
于是红旗像决堤的潮水，涌向了大街小巷
轰轰烈烈的抗日救亡大潮，势不可挡……

在今天，推开洞口的铁门
就是推开一部热血沸腾的历史

哨　兵　当代诗人。著有诗集多部。曾获《人民文学》诗歌奖等多种奖励。

过白公馆想起小萝卜头宋振中

■ 湖北/哨　兵

白公馆

如果匕首容许——这松涛里
应该住有一个与我父亲同岁的老人

如果刺刀容许——这竹海中
还应该跑着一个与我亲侄同龄的孩童

如果历史容许——这白公馆
就该改造成花鸟园，而不是血泪的记忆

……如果谁不容许我面对歌乐山
动用排比，谁就不配谈理想，不配做人

如果那些人容许——这歌乐山
更应该建为良田和牧场

种最好的稻麦，养最好的牛羊
献给八岁的宋振中

离世前请替他备好一块糕点
一杯纯奶，和这人间的甜蜜

白　月 当代诗人。著有诗集《白色》等多部。

寅初亭

■ 重庆/白　月

有人把骨头随身携带
害怕风吹、雨蚀、雷电的锤子

有人把骨头藏起来
在温室里开花

而你，将骨头种进石缝
夕阳般的灰烬中拔地而起

空中
那碧绿的肉身，尽管凋零吧

日月交替，时间射出快速的子弹
你不改初衷。拒绝逃避、变形

这绝非笼子，也非集中营
这是放飞鸟儿的巢穴

我们走进去，坐下
待飞的鸟准备飞翔
在有限的时空，在你无限的精神里

晴朗的日子多么静谧呵
正是六角檐的手拨开了乌云

不再拥挤。天地之间——
我们的胸膛，呼吸着新鲜的空气
不再困扰，也不感到缺少

寅初亭

胡应鹏 当代诗人。著有诗集《猛禽》《飞翔的狼》等多部。

还都纪念碑

■ 四川/胡应鹏

这被忘却的纪念，曾经
流落民间
与路人为伍，泥土为伴

曾经，它记录着时间、江河
以及苍凉的归程
记录着抗战胜利的伟大意义

白云苍狗。还都纪念碑
像一个失散的伤口
坚硬、模糊、残缺不全
但在历史的光影中
那么多抛头颅、洒热血的背影
始终厚重而清晰

如今，它重新
站了起来！

请记住苦苦找寻它的人们
记住欣喜若狂的眼睛
请记住，久别重逢的那一瞬啊
“比生命中经历的一切
都更伟大，更艰难。”

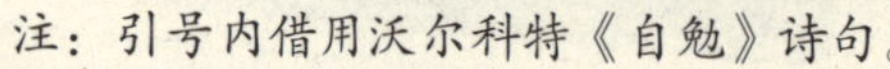
水利委员会还都纪念碑

注：引号内借用沃尔科特《自勉》诗句。

抗战教育博物馆

阳　飏　当代诗人。著有诗集多部。曾获《星星》•跨世纪诗歌奖、敦煌文艺奖、甘肃省"五个一工程"奖等多种奖励。现为《兰州文苑》主编。

抗战教育启示录

——抗战教育博物馆题记

■ 甘肃/阳　飏

大地摊开
一部正在撰写的史书
农民用锄头用汗滴
记录下每一粒麦子艰难的生长
士兵用子弹用身躯
追循着血迹斑驳的旗帜为明天造句
我是后来的学生
用笔一字一句誊抄下内心的仇恨
我知道，仇恨
是人类的谬误
应该用橡皮一点一点擦去
我还知道，仇恨
是一个国家身体里积攒的
坚忍地保持着生命体温的骨灰
在每一年的抗战胜利纪念日
都会裹挟着沙尘
被风刮起

古　马　当代诗人。著有诗集多部。曾获敦煌文艺奖、黄河文学奖、《人民文学》诗歌奖等多种奖励。

打开一扇窗户

——献给蔡梦慰烈士

■ 甘肃/古　马

不是那牛肋巴的窗户
不是比巴掌还小的天空
山顶绿了又黄
一颗流星说：生活怎能嵌在框子里
今天怎能是无数个昨天的翻版

鸡鸣早看天
在风雨的栈房
你用尖锐指甲在石头墙壁上刻画
一只梳理羽毛的鹰

刻画它铁钩似的嘴
喂养它以灵魂的热血
它眼中太阳的黄金
自黑暗提纯
它骨骼中的烈火
将使稀薄的空气
在某一时刻发生燃烧
将使比昼夜厚重的石墙冒出虚汗

你继续刻画
在你流血的指甲下
鹰唳声声
打开人心的窗户
不在任何时间和形式的石墙中
只在无垠的蓝天

赵兴中　当代诗人。著有诗集《小镇书》等多部。

津南村

■ 重庆/赵兴中

这条路通向哪里
几排青砖老式平房，有北方四合院样式
藏着重庆中国历史沉淀下来的秘密

那些人来了，又走了
张伯苓，毛泽东，周恩来，蒋介石、傅作义
马寅初，郭沫若，曹禺，翁文灏，王若飞，柳亚子
美国总统特使威尔基

那些事做了，传为美谈
张伯苓，从天津来，办学，教书，育人
以一颗炽热的心，爱国家，爱人民
作先驱，启迪中国奥运

那些人服了，成为壮举
毛泽东，从延安来，重庆谈判
一阕《沁园春·雪》，秒杀蒋氏文胆豪气
这不只是一场风花雪月的事

这条路通向哪里，这是重庆的南开
这是沙坪坝的津南村，可以望见1936年天津的路口
1949年10月1日，天安门城楼上
毛主席宣布：中国人民从此站起来了！

津南村

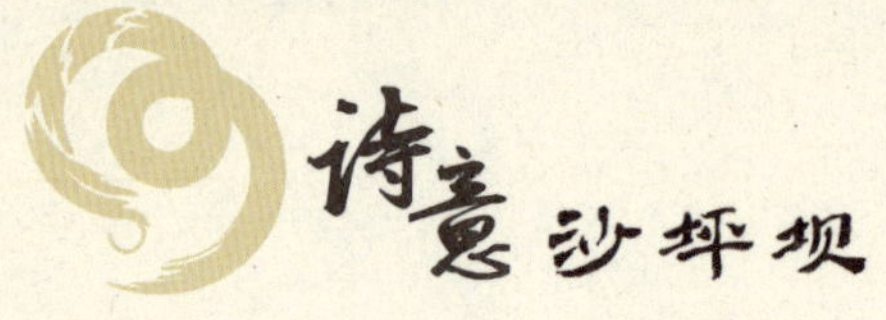

杨 通 当代诗人，著有诗集《朝着老家的方向》等多部。

寸心不言，春晖无尽

■ 四川/杨 通

在歌乐山南麓、低浅的山峦中、嘉陵江与长江之间
一块高1.4米、宽2.2米的小小石壁，收留了一位老人流浪了一生的“寸心”
“山居的意韵”，让他的心不再比天高、不再比天大。他知道这条小溪再也不能带他回到遥远的故乡“青芝”了
不如就此，用“寸心”读人生功过
用“寸心”读往事云烟

花儿一边开一边残，尘世一边走一边远
流水无言，信步人间是是非非。谁辜负了大好时光
春天的荣耀在绽放之前，是否就已经催生了新陈代谢的疼痛
昨夜雨剪风，风扶燕，燕穿柳，柳在溪边垂钓。倥偬，已不问来路和归处
待黎明拧干霞衣上的水渍，江山身上的疮痍淡出鸟儿们的视野
亲情的故园重回唐诗宋词的锦书，月光安静地
坐在温馨的床前，且用“悠悠寸草心”
默默“报得三春晖”

寸心石刻

梁　平　当代诗人，一级作家。享受国务院政府津贴专家。著有诗集多部，曾获全国“五个一工程”奖等十余项奖励。现为四川省作家协会副主席。

蒋介石公馆

■ 四川/梁　平

灿烂阳光覆盖了这幢没有主人的公馆
喜欢穿黑色风衣的主人，流离失所
流落在孤岛上走完自己的一生
曾经呼风唤雨的王朝因为拒绝阳光
一条路终于走到了黑。他的夫人
那个喜欢画梅花的优雅女人
留下几幅和她名字一样美丽的丹青
成为这里饭后茶余的佳话
其实这里和城中心的抗战纪功碑一样
也有功德，也时有灯光不眠
与那边总统府一样运筹帷幄，在那时
在半个多世纪以前的铁蹄下的日子
只可惜驱逐倭寇以后，那件风衣
从这里飞扬起黑色的尘雾，蔽日遮天
江南与江北，依然枪林弹雨
煮豆燃豆萁的火玩了自己
海峡那边一座岛埋葬了一个王朝
这座公馆还在，尽管已经没有了呼吸

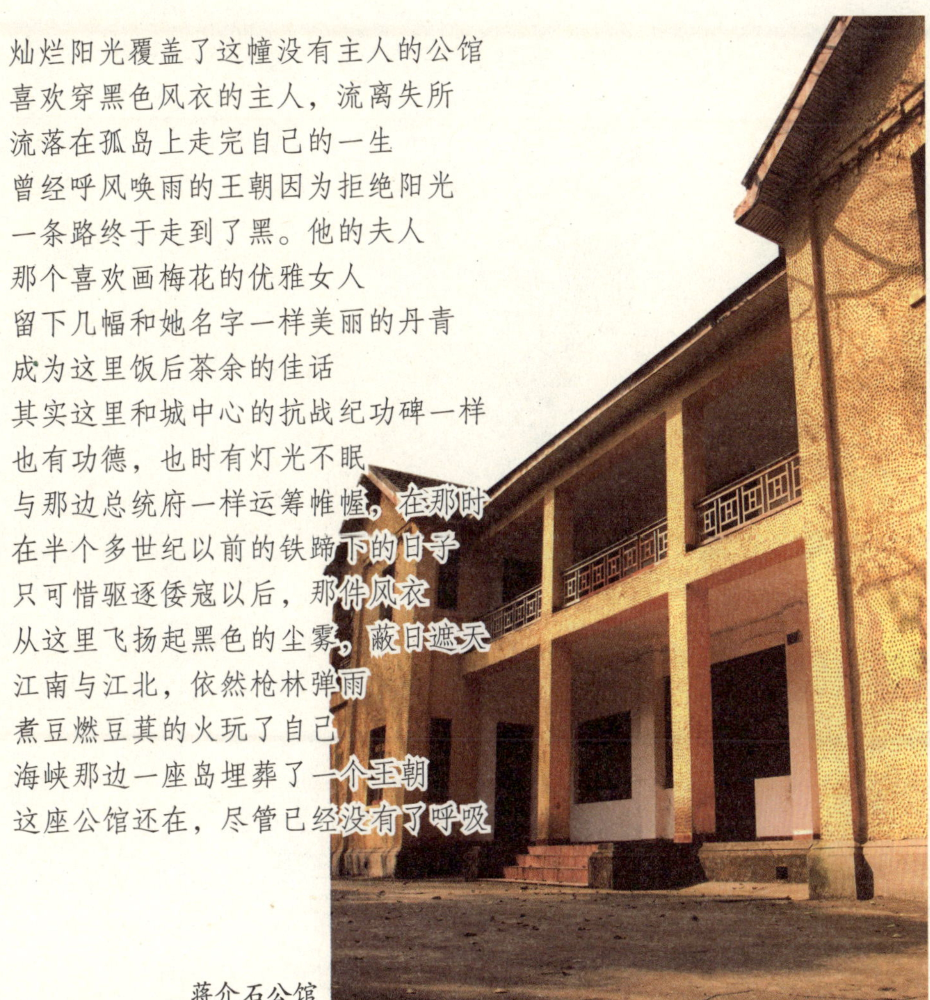

蒋介石公馆

江姐，革命烈士江竹筠的爱称，1920年8月20日出生于四川省自贡市大安区大山铺镇江家湾的一个农民家庭，1939年加入中国共产党。1948年6月14日被捕，关押在重庆军统渣滓洞监狱，受尽酷刑而坚贞不屈。1949年11月14日被敌人杀害，时年29岁。

江竹筠雕像

洋 滔 当代诗人。曾获拉萨市政府最高奖圣地文艺奖、西藏作协十年文学创作奖等多种奖励，著有诗集多部。

江 姐

■ 重庆/洋 滔

一个中国家喻户晓的名字：江姐
站着是一座巍峨不倒的歌乐山
躺下是一条奔腾不息的嘉陵江

坐在老虎凳上，大笑一个王朝的垂死挣扎
吊索、带刺的钢鞭抽不倒共产党员的信仰
撬杠、电刑把浩然之气长留在浩瀚环宇

竹签扎进指尖，也扎进我痉挛的掌心
晕死的良知，缄口不言，没有呻吟
汩汩流血处，长出祖国万紫千红的春天

筷子磨成竹签做笔，棉花烧成灰做墨
感天动地的托孤遗书，千秋泣鬼神
英灵凛然大义，洗亮清白日月

周从化烈士诗云“失败膏黄土，成功济苍生”
歌乐山电台岚垭遇难处，江姐的忠烈肝胆
把凶残的刽子手永远钉在耻辱柱上

29岁的青春编织出人间最美的花环
褪色的刀刃和不褪色的思想一起
汇成生生不息的滚滚长江澎湃大海

赵大海 当代诗人。著有诗集《赵大海的诗歌》等多部。

向中共南方局致敬

■ 山东/赵大海

“为了胜利，有时正义和阳光也要隐藏！”
大有农场的西北坡上
你还是当年的样子，目光坚定而长远

当年，硝烟滚滚，茫茫雾海中
你端坐于重庆一隅
安如磐石
扎在蜀国深处，人民深处
内心一面叫做民族统一的大旗辣子样烈
烈燃烧
阴霾漫天的日子里，你在千千万万英雄
儿女的内心闪亮

左手文化右手政治
蓊郁深处用一阵阵神秘的电波、阳光和
力量
指挥着大半个中国
枪林弹雨中，你微笑、坦然

在今天仰望，还是当年的样子
你的位置已经牢牢占据
历史的一页

蓝天下，深呼吸
向你的深灰色致敬
向你的敦厚、坚实、棱角分明致敬
向你内心的钢筋、水泥、火热和深邃
致敬
向一个政党、一面旗帜致敬
向一座丰碑致敬
向红岩精神致敬！

是的，踏着今天的花红柳绿、鸟语花香
面对你，我止不住
深深弯下腰来

老 刀 当代诗人。曾获第三届金盾图书奖、新世纪首届文学奖等多种奖励。著有诗集多部。

懂事的小植物

■ 广东/老 刀

是春天了，从皖南搬过来的冬天已经过去了。
那些细小的植物他们等不及，
他们等不及你走下这十二级台阶，
等不及你回过头细细打量还新得有些碍眼的白，
等不及你把栖落在黑瓦上的目光收回来，
他们忍不住开放了。
在石栏旁边，
在你曾经俯身察看人生的一小块空地上。
开始，
我暗自责备这些小植物过于顽皮、吵闹，轻浮，
不懂得历史深处的心思。
当我的目光，
再一次出入于这主要由黑、白构成的世界，
我的目光开始有泪，
他们是一些多么懂事的小植物啊，
如果他们不曾读懂静默在石栏之上的
　　大树的心思，
他们怎么会开得如此热烈与
　　粉白呵？

张治中旧居外景

吴乙一 当代诗人。著有诗集《无法隐瞒》等多部。

林森墓

在林森墓前

■ 广东/吴乙一

在这里，我遇到的阳光有些凉
遇见的风，干净而又孤独
墓园静谧。飞鸟入林
它留下歌唱
留下翅膀轻轻划过天空的痕迹

这里，沉默的老人是旧的
苔藓的颜色、落叶的骨头是旧的
刻在碑石上的正楷汉字
也是旧的，安静如一草一木
而树荫是新的
家国的命运也是新的

黎明之前，露水已洗干净
一级一级台阶
且为绿叶取下了美好的名字
如你坚硬的手杖，依旧掷地有声
我们并没有说上一句
多余的话
你挺立的脊梁，已愈行愈远

我放弃一身手艺
从迢迢南方来到双河桥
手中素白的花
只献给你，献给属于你的一段历史和风云

张作梗 当代诗人。著有诗集多部。

题重庆林园里的谈判桌

■ 江苏/张作梗

在这儿，时间沦为过客。
倒是石头，无意间成为历史的
亲历者和见证人——

幸亏这石桌是圆的，
因此也就无分上下、左右、前后、主宾：
“一切，充满可能。”

而这石凳，多像是从土中长出的
腰鼓；那从延安来的汉子，
就要以智慧、毅力和胆略，
威风八面地擂响它们。

是的，桌面上推来搡去的，有时
也许只能是为史书听闻的言语；
但桌面下的运筹帷幄，
远比历史所记载的要生动、惊险得多。

一条雾中的小径，
从林园一个普通的早晨走来。
两个人，以四只石凳和一方石桌，
为它绾一个结。它的一头连着民国，
一头，通向未来的中国。

重庆林园里的谈判桌

李龙炳 当代诗人，曾获成都市政府第五届金芙蓉文学奖，成都市二十年诗歌奖。曾获誉“全国十大农民诗人”。著有诗集《李龙炳的诗》。

电台岚垭烈士殉难处

■ 四川/ 李龙炳

电台岚垭烈士殉难处

请天上的太阳，打通时间的隧道
让1949年11月14日也充满阳光

请告诉长眠在这里的忠烈英魂
我们的生活
已融入了他们的骄傲和梦想

请所有的石头，刻下血写的誓言
让每一粒种子，以新的童贞发芽

请告诉长眠在这里的忠烈英魂
我们的歌声
已代替枪声，愈合了自由的创伤

请活着的人们，用最美的微笑
纪念内心深处的峥嵘岁月

请告诉长眠在这里的忠烈英魂
这里的山水
没有刑场和废墟，只有鲜花和风景

冯玉祥旧居

朱　零　当代诗人。著有诗集多部，《人民文学》编辑。

冯玉祥旧居

■ 北京/朱　零

旧居不旧，或者
旧居已翻新，关键
这是谁的旧居

冯玉祥的
旧居。恍惚中，能看见
马刀、马弁、马尾巴甩了一下
卫兵列队，长枪上肩
时间过得真快，六七十年前的房子
转眼，已成文物

将军住过的房子
哪怕短暂，屋里
仍留有硝烟
茶已凉，人未走，或者
凉茶已经续水
房屋继续加固
将军曾住的房子
虽是木结构，脊梁
却是铁质的

沙坪公园“唱读讲传”活动基地开展红歌传唱活动

杨　方　当代诗人。著有诗集多部，曾获浙江省优秀作品奖等各种奖励。

红歌嘹亮

■ 浙江/杨　方

有了一株向日葵的领唱，太阳升起来了
有了一棵红梅的独唱，东方红了
长江和嘉陵江，条条大河波浪宽
滚滚的江水适合有力深沉的二重唱
低吼，咆哮，一排浪花追着另一排浪花
就像英雄的刺刀前仆后继
两岸边的大豆和高粱，可以做深情的
　伴唱
从《九一八》到《延安颂》
从《南泥湾》到《红旗飘飘》
半个世纪的霜雪雷电，狂风暴雨
被那些叫做人民的人
以波澜壮阔的大合唱，一一唱出
一棵经年的黄葛树，已经扎下了生命的
　脉络和根须
也在风中高声地唱
一块叫做红岩的岩石，是世界上最硬的石头
有钢铁的颜色，重量和信念
曾在大地沦陷的黑暗里，岩浆一样滚烫，四
　处奔流
因此铸就了一个民族坚硬的骨头
它用沉默的光芒歌唱！
听，高音高过白云，中音停留树尖
最低的低音，和思想的光线一起洒落
山城前沿，红日为镜
这漫天红云的歌声，正被嘹亮地唱响

汤养宗 当代诗人。著有诗集多部。曾获福建省人民政府首届“百花文艺奖”、福建省优秀文学作品奖等多种奖励。

老鹰跨线桥

■ 福建/汤养宗

时间借桥而过，带着牛羊，车辆，还带着军队
几条黑狗舔着舌头，舔到了民国的那张脸
民国正流年不顺，插着旗子，每夜都难以入眠
春风不理它，流水也不理它，只有战争纠缠着它
中国的桥面上，过桥的中国人举步维艰
跨线桥走过虱子，走过粮食，也走过拥塞的抗战心愿
山水迂回，心肠打结，多么好的桥
每一块砌桥的石头不管皇帝，但管着国事
世俗的落日去成都，而重庆不能跟着天黑
一座桥掌管着两座城的晨曦与暮色，在花草开花的
时候，鱼儿生孩子的时候，它肩扛着这场战争
说一切艰难都可以通过，哪怕国家只剩下
一寸蓝天，过了桥，过了洞，又有万里浮云等后人
一座好桥！如同桥身上雕刻的武士，眼神淡定
清风吹过时，依然一是一二是二，江山是江山

抗战遗址：山洞跨线桥

卢卫平 当代诗人。著有诗集多部。曾获华文青年诗人奖、中国·星星年度诗人奖、首届苏曼殊诗歌奖等多项奖励。

一阵风吹过

■ 广东/卢卫平

一阵风吹过
我最喜欢看团结广场上的小草
那是万名爱国的师生
你扶着我，我扶着你
把要和平的腰直起来
把要民主的头抬起来
风吹走漫天飞舞的历史碎片
吹不倒依恋大地的小草

一阵风吹过
我最喜欢听团结广场上的小草
那是万名爱国的师生
手拉着手，肩并着肩
把心中反战的歌声唱出来
把血中团结的号角吹出来
风中高高飘扬着五星红旗
根连着根就是无穷的力量

重庆大学团结广场

林 雪 当代诗人。曾获鲁迅文学奖、新世纪全国十佳青年女诗人奖、中国·星星年度诗人奖等多种奖励。现为《天津文学》编辑。

美龄楼

■ 天津/林 雪

两层。朱红色的。一座以女人名字
命名的楼。共和国大厦破茧而出
门曾开着，像一本箴言
送出未来院子里的两条路
一条向左，一条向右。

在楼后面，我看到不曾被记载的人们
比如那个七岁的女孩，在胶东一间农舍里
整天编草鞋。她编啊编。把血都织进了梦里
她睡着，口水里翻腾起肉和馍馍
比如那个八岁男孩，在东北一间草屋中
愤怒打落母亲递过来的橡子面窝头
他细嫩的屁股不要再让黑瘦的骨头磨烂

那女孩后来成了我母亲
在报纸上知道那带“共”字头的大人物们
也睡在延安土窑里。那男孩后来成了
我父亲
他在家里的地下交通站里做肥皂
他学着父母，为那些也吃糠咽菜
的战士们洗衣

他们的身影与那座红楼无缘
他们的幸福和尊严长在未来
他们会看到命运无法重演的生活
和真理来不及修改的错误

如今，一个残酷公正的上帝
把历史抱在他蓝色的胸前
他抱住一片大陆，和一座岛屿
我骄傲，却犹豫不决，
我再也不能回去。

苏　浅　当代诗人。曾获中国年度先锋诗歌奖等多种奖励。著有诗集《更深的蓝》等多部。

你的微笑

■ 辽宁/苏　浅

渣滓洞——黄细亚烈士雕像

从临澧到沙坪坝，从生到死。
你有一个微笑给黑夜，给坠落的星星
生命的痛苦不是活不下去，
是活着而不自由。

黎明就要来临了，你为什么离开？
你有一个微笑给死亡，给一首离去之诗
永远地闭上眼睛
是为了更多的人活到天亮。

多么寒冷的夜啊，松水坡的夜。
你的鲜血染红的夜，你的眼睛不再看见的夜
你有一个微笑给自己——黄细亚
每一个刻在纪念碑上的名字，
都是刻在人心上。

现在太阳已经照彻一切。
你有一个微笑给所有人，所有来到这里的人
都将与你交换一个微笑：
你年轻的21岁的脸庞上，
有一个时代全部的荣誉。

张慧谋 当代诗人。著有诗集多部。曾获广东鲁迅文学艺术奖等多种奖励。现为《茂名文苑》主编。

沙坪坝，大学城里的星期天

■ 广东/张慧谋

历史是不可复制的面孔
但历史不能忘记。在重庆
在沙坪坝，有一片红色的记忆
让人想起江姐，想起许云峰
想起叶挺将军和小萝卜头
想起穿过松林的枪声，和血染的旗帜。

在雾都山城，在嘉陵江畔
谁也无法抹掉红岩坡的颜色
谁也洗不干净渣滓洞、白公馆的血腥
同样的，谁也忘不掉小萝卜头
用黄泥彩色写在草纸上的作业本
渣滓洞志士们放风时的镣铐声
依然在哐当作响，依然在拷问着历史。

沙坪坝，大学城里的星期天
尽管这天的台历把那段红色的记忆
翻过花甲之年，历史的面孔不再重复
但这毕竟是山城，是沙坪坝
时间在这里慢下来，心在这里静下来
当下的生活姑且搁置一边。

这一代人的背影，他们年轻的面孔
所面对的不是教材上的内容，而是
红岩精神与重庆文化。
这是嘉陵江边的双休日
是市井最热闹的时刻，而重庆大学城
而这座小礼堂，却是最安静
除了讲台传播红色经典的声音。

安　琪　当代诗人。曾获柔刚诗歌奖、新世纪全国十佳青年女诗人奖等多种奖励。著有诗集《奔跑的栅栏》等多部。

渣滓洞—胡其芬烈士雕像

写给胡其芬烈士的20行诗

■ 北京/安　琪

江姐绣过的红旗上也有你的一针一线
你和江姐是狱友，都负责过越狱工作
今天，我跟着那面红旗
跟着红旗上星光的方向
来到重庆，沙坪坝，来到渣滓洞
这个闻名于世的地方，这地方散发的纯粹
与理想有关，与一群共产党员的鲜血有关
这本是人间地狱的渣滓洞
因着烈士宁死不屈的信仰而有了力量
这力量之火因着你们的献身精神
而有了母性的光辉，哦胡其芬
整整一天我搜寻你的足迹——
1918年，你出生于长沙
1938年，你加入中国共产党
1949年11月27日，你牺牲，年仅31岁
如同那个年代有思想的知识女性
你就读的中央大学、复旦大学和延安鲁艺
你工作的延安中共中央研究院
你担任的重庆市委妇委书记，它们
都是推动你成为伟大女性的每一步！

李满强 当代诗人。著有诗集《一个人的城市》等多部。

林森官邸

■ 甘肃/李满强

不要以为这些松树是沉默的，
　树下的阴影
是轻浮的
不要以为一朵花的开放
是孤单的
一丝过路的风
是茫然的……

在那些忽然惊醒的旧时光里
你会看到一个长须飘飘的老人
他四处奔走，孑然一身
一柄瘦弱的拐杖
搀扶着半个家国的命运——

不要以为这些青草
可以淹没历史的道路
而即使再潦草的时间
也不会忽略一块骨头的品格

林森官邸

王志国 当代诗人。著有诗集《风念经》等多部。

百鸽飞翔

■ 四川/王志国

天空阴沉，像当年的历史
蓄满了悲伤的泪水
一轮红日喷薄而出，像一滴血
在中华民族的血管里奔涌、汇聚

这是1941年的祖国
天空被战火笼罩，大地浸染血泪
硝烟此起彼伏，遍野哀号
满耳都是国人的嗟叹
满目皆见中华儿女抗日卫国慷慨赴死的大义
此时，重庆的一个防空洞里
一只鸽子，一群鸽子，一百只鸽子
正从张书旗的画笔下诞生
迎着日军疯狂的大轰炸
展翅高飞

这些向世界发出的和平信使
在辽远的苍穹与硕大的红日之间
聚集、盘旋
迎着太阳扇动它们美丽的翅膀
顺着风传递和平的信息

往往是如此
美好的向往总是缓慢的
即便是用一轮红日取代一个国家所经历的悲伤
用一百只振翅飞翔的鸽子传递和平
从陪都重庆飞到美国白宫
整整一百只鸽子
用永不停歇的飞翔
传递世人对和平的渴望
当我们仰望苍穹的时候
今天，依然能清晰地听到
百鸽飞翔
鼓动风的声音

包　苞 当代诗人。著有诗集多部。曾获黄河文学奖等多种奖励。

停泊在沙坪坝的春天里

■ 甘肃/包　苞

低矮的瓦房，因为见证而尊贵
静默的绿树，因为倾听而深邃

在这里，历史并没有走远
只是陷入了追思
你听，至今回荡在枝杈间
一次次的冲锋陷阵
一回回的浴血疆场
那都是祖国在召唤啊
纵然血染战衣
纵然马革裹尸

也许剥落的记忆
还萦绕残存的硝烟
也许公馆里紧锁的门窗
还会有人在梦中轻轻推开
月光下，也许
还会有人为满院纠结的影子心生惆怅
可青草遍地，这绝不是岁月荒芜的记忆
每一片碧绿的叶子
都是春天义无反顾的战士啊

不要说美好的日子里他们已经走远
如果狼烟再次升起
即使沉睡的白骨
也会再次霍然挺起男儿的脊梁

陈诚、顾祝同、罗广文公馆

杨汉秀，女，四川广安人，中共党员。其伯父为国民党重庆市市长杨森，她背叛军阀家庭，毅然奔赴延安，入“抗大”、“鲁艺”学习，改名为吴铭。1946年受组织派遣与周恩来同机一起来重庆，从事统战工作。因参加武装斗争被捕，关押于渣滓洞监狱，后获保外就医。1949国民党制造“九二”火灾惨案，杨汉秀目睹火灾给人民带来的灾难，她痛斥杨森反动成性，杨森令特务将她再次逮捕，于同年11月27日秘密杀害于歌乐山金刚坡。

渣滓洞—杨汉秀烈士雕像

徐 红 当代诗人。曾获叶红女性诗歌奖等多种奖励。著有诗集《水的唇语》等多部。

英雄雕像

■ 安徽/徐 红

她是平凡的母亲，
也是自由女神。
活着就是为了自由战斗。
肩负神圣的使命，
她在漫长的黑暗里求索。
倔强的心，暗藏着的火焰。
沉重的锁链怎能锁住她
渴望拥抱和平的手臂。

她的目光多么温柔，
对待人民的目光多么温柔。
她的眼神多么犀利，如箭矢，
如匕首，让敌人胆寒。
听到她美丽的歌声了吗?
那是中国妇女正义的歌声。
白色恐怖和死亡
也不能击垮钢铁的意志。

为旗帜，为穷人的呼喊，为信念，
无畏的先驱者，要把地狱砸碎。
刽子手扼住了她的脖子，
扼杀不了真理。血染的山河，
烈火熊熊燃烧，那是东方破晓的曙光。
忠诚和崇高的爱，在滚烫的热土
捍卫中华民族的尊严。祖国啊!
鸽子在飞翔，我们的天空下是和平与繁荣。
她活着，她永远活着。
她是祖国的英雄，妇女的荣耀。

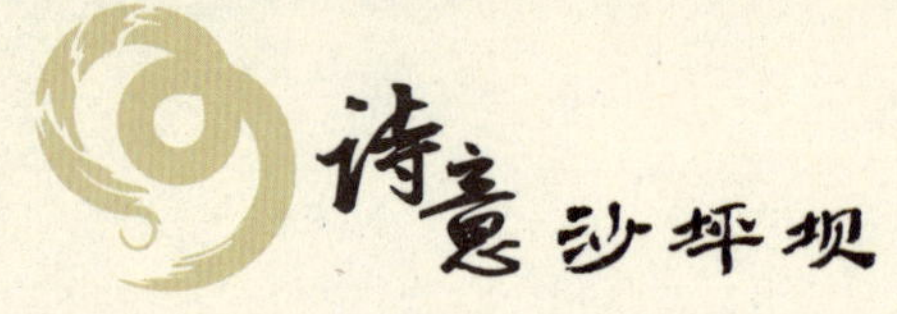

白鹤林 当代诗人。著有诗集《四个短途旅行》等多部。

重庆市政府歌乐山郊区办公处

穿透时间的迷雾

——题“抗战时重庆市政府歌乐山郊区办公处”

■ 四川/白鹤林

迟暮的历史在此小憩，打盹？
蓬松林荫，恰如一场世纪夏梦。

多少人一觉醒来，不知去留。
多少风流人物，而今又安息何处？

在曾如火如荼的抗战之都，在沙坪坝歌乐山，
已远隔着一层，时间黑白的迷雾。
但是这轻言细语的郊区，那不起眼的平房，
却像大厦那样挺立着脊梁

七十年了啊！有多少故事，
尚在被不断地翻拣？报纸褪去了浓墨。
在并不曾亲历的郊外小径，
我恍惚看见一些古稀的老人，在黄昏漫步。

夕阳的余晖如此珍贵，如沉默之金。
我们曾经忍受了屈辱和黑夜
才倍加感谢今天的幸福和光明

高鹏程 当代诗人。曾获浙江省优秀文学作品奖等多种奖励。著有诗集《海边书》等多部。

隧道

■ 浙江/高鹏程

依旧是这条山路。依旧是
这条隧道。
我们从这一头穿越，它的另一头
依旧是阳光照耀的
清朗乾坤

但它本身，依旧幽黑、曲折，并且
漫长。它是空间的，同时
也是时间的

是的，它幽暗的胃壁依旧有死亡笼
  罩过的浓重的阴影。
有一轮黑太阳滚过时落下的
沥青一样粘黏稠的黑——

在我们因震颤和沉思而加粗的呼吸里
依旧回想着沉重的皮靴声。枪炮声。
  呐喊声

而从邪恶的弹孔里流出的血和黎明
——在我们的疼痛之外
有多少无名的人用他们
曾经鲜活的身躯，用他们鲜艳的红
抵御外敌，保家卫国

必须记住他们！
必须记住这些曾经有过的黑。和红。
正如我们必须再次穿越一条这样的隧道
才能抵达光明的出口

抗战遗址：山洞隧道

浪行天下 当代诗人。著有诗集《情海泅渡》等多部。

树人学校

光影中的树人学校

■ 福建/浪行天下

来自荒原的火焰，是谁
把它藏回校园？额前那一抹
肃穆的红、凝重的红
像一朵花，簪在现代史发际
映照出先烈们的饥瘦面容

红在流淌，红在荡漾……
平静地叙述着的火焰下
覆盖着多少高尚的灵魂？
干枯的岁月噼啪燃尽
让我们一次次地忆起他们鲜嫩的姓氏

那些散落在春天里的名字
都书写着一段英雄的传奇和历史
一阵阵朗朗的书声，仿佛大地的反光
诵读的，不仅仅是简单的怀念

这红色的战斗堡垒，像是近代史上
睁开着，一只满怀期待的眼睛
注视着我们昂首向前的脚步……

阿 华 当代诗人。著有诗集《往事温柔》等多部。

重庆林园

重庆林园

■ 山东/阿 华

很多东西都是陈年旧事
它们藏在记忆里不言不语
不言不语，也是一段历史

逢春的古藤，开花的铁树
沉默的青砖，无痕的石阶
在林园，凝静和肃穆
是另一种意义上的解说词

昨天的风，从长长的幽道穿过
拂过1939年林森的官邸
拂过1945年林荫深处的石桌
彼时，薄雾散去 帷幕拉开
“重庆谈判”进入一个崭新的舞台

而后，陈旧的青砖灰瓦
开始布满青藤，花朵也从沉寂
回到了芬芳，那一年，在林园
——我们都看到了
中国人的血气中，隐藏的方刚

绿叶返回枝头
像雨水回到大地
五月，我在我的诗篇里
写下了：重庆林园
一个名词，一段历史
一片向上的风，一朵春天里的鸢尾花

陈贻烈士雕像

金铃子 当代诗人。曾获徐志摩诗歌奖等多种奖励。著有诗集《奢华倾城》等多部。

我要送给你 木棉花和半开的玫瑰

重庆/金铃子

1949年的冬天。
一个人就这样走了。
一群人就这样走了。
轻蔑地迎着敌人的剑锋
走了。

今天，我在这里仰视你的脸
像月亮一样美的，至善的脸。
你静静地站着
站成一首乐曲
站成一座英雄的山脉。
歌乐山
呵，我听见了
英雄之歌。广阔，苍翠。
呵，我看见了
你送给我的美好。自由。

我的亲人！
我要到你居住的地方来看你。
我要送给你木棉花和半开的玫瑰。
我会小着声音讲话：
我曾经见过你
——在月亮里。

西　叶　当代诗人。著有诗集《纸梯子》等多部。

嘉陵江风像母爱徐徐抚过老舍的头发

重庆/西　叶

老舍

嘉陵江风，像母爱徐徐抚过老舍的头发
她抚过1938年秋天，如同抚过今夜的我

来访的暴雨、闪电
随江水滚滚而去
她必须吹着，从北平到武汉，从武汉到重庆
江草卷上岸边，火的城在燃烧
她将迎接一位北方人

她必须吹着，吹得铁骨铮铮
“谁最先到了重庆”？
谁让词语像钉子？谁让呐喊如铁锤？！
是谁？谁为重庆留下一座伟岸的纪念碑？！

必须吹着，嘉陵江风像母爱抚过老舍再抚过
今夜的我
请允许我，在尖叫的字缝里沉默
趁夜色还没有形成夜色
趁着霞光正辽阔无边——

诗意
沙坪坝
中国当代诗人诗意镜像

下辑

人文锦绣

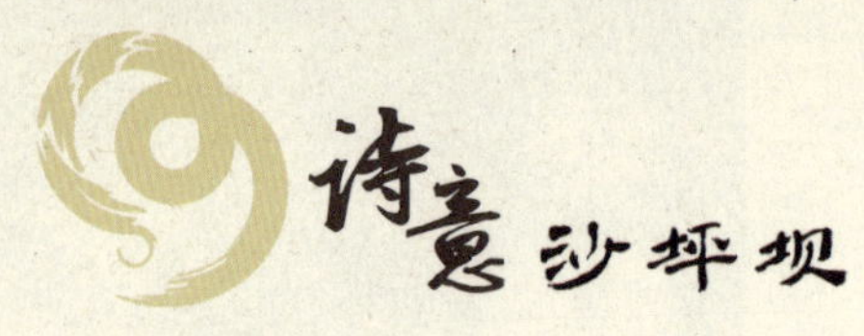

李　南　当代诗人。著有诗集多部。现为河北省作家协会专业作家。

复兴寺

■ 河北/李　南

曾经飘出农耕时代的芬芳
也曾经在战火兵燹中摇晃了片刻。
我无法想象这个老式庭院
住过什么人？发生了什么事？
当新月初升，一定有一个书生手捧书卷
对着清风吟咏。
或者，偶尔传来的争吵和笑声
惊搅了来去匆匆的赶路人……

岁月如金子般沉睡
明清时代的雨水还在瓦楞上流淌
世世代代的人啊，如今隐居在青草中
与巴蜀的山水化为一体。
而他们存留下来的遗风
滋养着每一个清新悠长的白昼。
只有一瞬，我看到了它的局部：
树木、果园，和安静的黄昏。

复兴寺

荣　荣　当代诗人。著有诗集多部。曾获鲁迅文学奖、华文青年诗人奖等多种奖励。现为《文学港》主编。

飞雪岩

飞雪岩

■ 浙江/荣　荣

有时候流水也会有蓬松的羽毛
给个理由它就飞了

为此它准备了多久
一路奔波并努力清澈着
为什么又突然落下来
像一场迅速瓦解的激情

也许孤寂太久
成群结队的绿
更像是来自春天的阻碍

它飞起来的时候
天空也按下了云头
黄昏的归鸟收住了翅膀
让出了一小片暮色

但我仍想用两条腿追赶这片流水
用绝望对付身边的落花
仍想用心底的流淌
完成它忧伤的前程

洋房子

靳晓静 当代诗人。著有诗集多部。曾获四川文学奖、星星跨世纪诗歌奖等多种奖励。现为《星星》诗刊副主编。

洋房子

■ 四川/靳晓静

洋房子，这凤凰镇的凤凰
是从西方街一颗种子种出来的
他中西合璧，像杂交过的良种
一个多世纪了，这房子
仍是一个梦，在凤凰镇
守望人们的平安与富足

建造这房子的人
时光已湮没了他清朝末年的雄心
而凤凰镇却收留了这城堡
里面住着悠久与神秘
让我们在百年未醒的砖石和廊柱中
听见历史背后的阵阵回音

娜　夜　当代诗人。著有诗集多部。曾获鲁迅文学奖、敦煌文艺奖等多种奖励。现为甘肃省作家协会副主席。

歌乐山云山九叠

■ 甘肃/娜　夜

我们谈到了森林和溪水
一间可能的木屋
它的常青藤　　三叶草　　迷路的狐狸
和它眼里的露水
你和我
爱上爱情的同时
也爱上了它的阴影　　冷颤　　危险
它的二十首情诗和一支绝望的歌
雨水　　薄雾　　蝴蝶与花香
红嘴雀的情歌
唱来了更小更缓慢的动物

脱离了肉体的翅膀它的飞翔是可能的！

歌乐山云山九叠

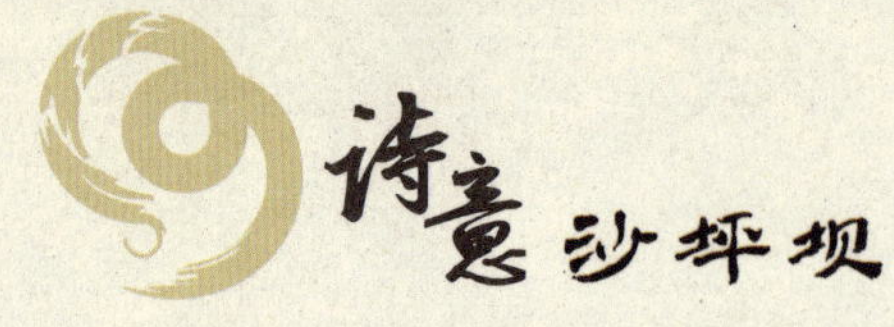

马新朝 当代诗人。著有诗集多部。曾获鲁迅文学奖、河南省文学奖等多种奖励。现为河南省作家协会副主席。

国音台

■ 河南/马新朝

今天，音乐还在演奏
在重庆的山山水水间，还在演奏
你听，这是民族，这是抗战，这是激情
曾经被时光和我们细碎的生活忽略
今天，以国音台的方式
重又呈现

今天，音乐还在演奏
你听，这是黄河大合唱那厚重的嗓音啊
这是时代的强音，沉沉地滚过大地
滚过我们这些来访者的内心
以国音台的方式

重庆国立音乐学院纪念亭

凸　凹　当代诗人。著有诗集多部。曾获金芙蓉文学奖、成都市“五个一工程”奖等多种奖励。

夜词例，或磁器口更夫

■ 四川/凸　凹

白天的黑话，夜晚的银锭。声音的火光
导盲犬的事业。今夏，对，就是今夏
木槌标点，点亮骨头的音节、矿石的磁场。
万物生长万物变——夜不变：
夜让码头的嘉陵江扯下青帆，一橹一橹
眠入唐宋与近庙。但必须有一人
把光阴带走，明喻带走，鬼带走。
必须把梆声敲出铜鸟——
敲一下是白岩，敲一下是龙隐，再敲一下
瓷器里传来大海与丝绸。
一慢一快，“梆——梆”三下是一更：
一更竹板跑出金钱豹。一慢三快
“梆——梆梆梆”是三更：三更翰林嫁火龙。
心亮否？不响五更，世界如哑水，哑水如
废窗——太阳被巴的风箱拉得通红也是
词语的三更天！庄周梦蝶
还是蝶梦庄周？醒着的摇篮曲瓶口
塞进不醒的平安。往西，往西，声音即空间
即时间，即存在。打开一把星，收拢
一挂灯——什么都是，什么都
不是；带走多少，就带来多少——肉身的
沙漏，分贝的逻辑
白昼的连词，阴阳界面的风火墙

打更的老人

唐　力　当代诗人。著有诗集多部。现为《诗刊》编辑。

咏钦龙斋毛笔

■ 北京/唐　力

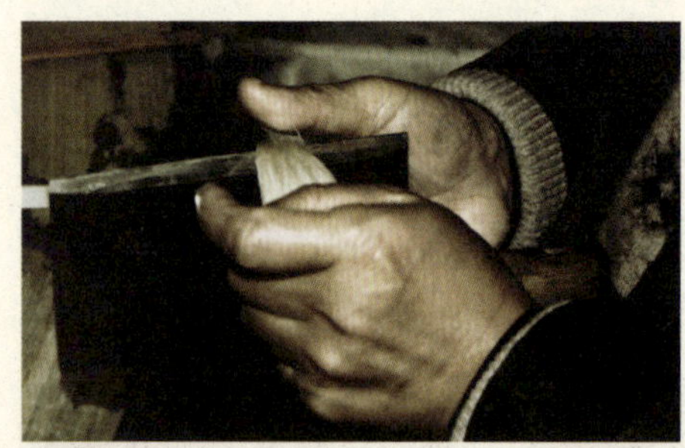
毛笔

钦龙斋毛笔

抽取一丝霞光
一丝太阳的光线，一丝
月亮的光线
一丝白云的光线，编织
这一管清、新、明、丽的毛笔
抽取岁月的丝线，时间的丝线
心灵深处的丝线
混合着
心血、技艺、满腔的热爱
精、气、神、韵都融化
一丝丝的，一丝丝的细毫中
让它如云般柔软，如狼般坚韧
如刀刃般锋利
看，有人正挥毫
宛如游龙，翩如惊鸿
落在纸面上的
是一抹霞光，一片白云
一丝光线
是薄雾，是烟
是一团若隐若现的时光

娜仁琪琪格 当代诗人。著有诗集多部。曾获冰心儿童文学奖等多种奖励。现为《诗刊》编辑。

有风来兮

■ 北京/娜仁琪琪格

有多少美好的愿望　心细如丝　绵密如雨
都交给一张红纸，一把剪刀
此时　必要经过一条缓慢的路
从孕育到出生　那些交集在一起的
曾经的沧海桑田　百转千回

有风来兮啊　那美羽　那顾盼的眼神
那高傲的冠　哦　至尊的皇后
等来王的迎娶 与比三千还要
　多得多的宠爱
那笑　那歌　那盈盈的泪水

岁月沧桑　老去的是时光
唯有爱是至尊的红颜——

邓和平剪纸

剪纸

盖碗茶

谷 禾 当代诗人。著有诗集多部。现为《十月》编辑。

人间好茶

■ 北京/谷 禾

在上为天，在下为地
一匹白练，从铜壶中飘出
在青瓷的浅白里
成为茶，带来了大地上的春天
带来早晨或者午后
浓酽轻舞的回忆
闭目品茗的人，在袅袅的茶香中
渐渐模糊了自己
想起多年以前，舌尖上流转的苦涩
　和甘甜
如何被这盖碗酿造

多年以前，采茶的女子
把一山的茶树和鸟鸣，采成了
　传说的爱情
你来在这里，碗盖轻拂
只看到一枚枚茶叶
在水深火热里，把天地的精华
释放了出来
而那远走天涯的人，再离不开
这碗中好茶
这承载了人间好茶的青白瓷身

青木关关口

大　卫　当代诗人。著有诗集《内心剧场》等多部。

青木关

■ 北京/大　卫

路从这儿拐了出去
几百年前我就经过这儿
鸟飞过头顶之时
它对我，比对缙云山
和嘉陵江更感兴趣
仿佛我是它
刚刚产生的影子
经过青木关的时候
有人把我的前世
轻轻丢在这里
宝峰山和虎峰山仿佛
两只手掌，轻轻
相碰，就把寂寞
拍出了声响
一条路走得太快了
就会长出羽毛
我不是一个人
而是一支部队
进关的路和出关的路
有着同样的脾气
树开花的时候
花不在原来的位置

歌乐山

熊　焱　当代诗人。著有诗集《爱无尽》。曾获华文青年诗人奖等多种奖励。现为《星星》诗刊编辑。

这满山都是音符

■ 四川/熊　焱

这满山都是音符
一株草木便是音阶上的颤声
一曲流水便是和弦上的轻吟
风是最亮的嗓子，将千百年的时光
唱成了最美的旋律

余音还在袅绕，那是大禹召众宾欢唱的歌声
那是仁人志士保家卫国的歌声
那是文人墨客纵情山水的歌声
那是花鸟虫鱼自由天地的歌声
有多少胸腔中的豪情和胆气
又有多少肺活量中的呐喊和呼吸
全都化成了山间的烟雾和天边的彩云

总有一只只耳朵，在寻找着知音
在歌乐山，历史的硝烟也变成了伴奏
岁月的光影也幻化为乐理
听，那是巴渝山水的柔情和大美
那更是巴渝儿女的风骨和精神

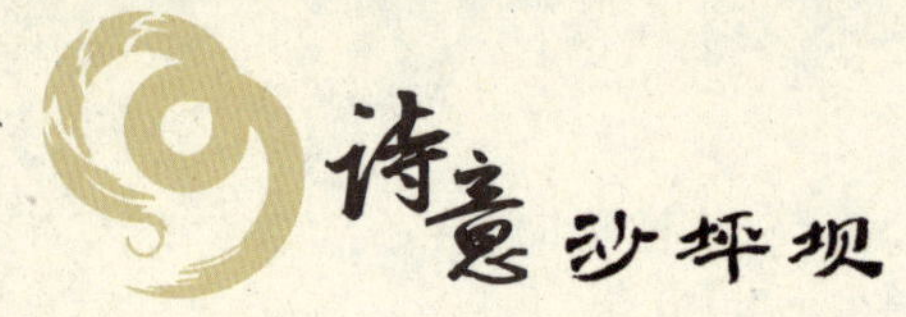

谈雅丽 当代诗人。著有诗集多部。

梁滩河的清澈回眸

■ 湖南/谈雅丽

我梦见过，你在九龙坡的碧水清山间
走动的样子

那时，白雪还不曾铺满这条河流
小小的走动仿佛大地睫毛上的一片
大海，盛开着玉兰般
清亮的涛声

巴蜀之躯才刚醒来
你的早晨弥漫着农耕时代的甜润
我赞美了你，如兰花的身段上缀满
绿色藤萝，丘岗地的梯田盘旋着
数条茶龙

千年川流不息，在山峰之中
回转逗留，你胸口的含谷、西永十五镇
荡漾出婴儿般的笑声

雪还没有落下，多么美啊！
从炎黄古朝流出红岩和陪都文化
顺沙坪坝磁器口的石板路
溯流而上九曲，百折
万端风情的源头

我赞美了你，在农耕时代
布谷在山间啼叫，夜莺于林中飞降
还没有浊流划伤你——如丝绸般的
柔软的肌肤

你美丽，多情，像远嫁的新娘
在没有被伤害之前，村里人都记得你
某年某月某时，那一眼清澈的回眸

梁滩河

洪　烛　当代诗人。著有诗集多部。曾获徐志摩诗歌奖、老舍文学奖等多种奖励。现为中国文联出版社编辑。

重庆沙坪坝的川剧打击乐

■ 北京/洪　烛

麻辣的音符就像一粒粒花椒
丢在油锅里
火红的花椒就像一颗颗微型炸弹
丢在空气中

这是你的沙坪坝啊
在听觉中爆炸，在味觉中爆炸
这是我的沙坪坝啊
在这里住一天等于住了一百年

用太阳的锣加上月亮的鼓
用黑夜的麻加上白天的辣
当川剧在一片锣鼓中闪亮登场
我也想爆炸啊，我也想开花啊
只是不知道我的爱情
能否经得住你的敲打

想起来心里就有点麻
怎么也忘不掉那种辣
麻辣的打击乐啊，麻辣的沙坪坝
踩着你的鼓点，我来了又走
走了还会回来，哪怕已变成另一个人

变成另一个人，还是爱你的啊

川剧打击乐

川剧打击乐

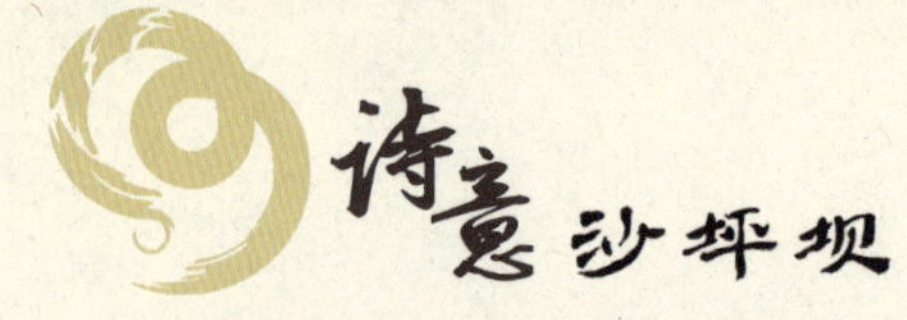

郭晓琦 当代诗人。著有诗集多部。曾获敦煌文艺奖、黄河文学奖等多种奖励。现为《飞天》编辑。

高山一日

——题歌乐山天池

■ 甘肃/郭晓琦

阳光从柔软的柳枝一直垂进绿透了的池水
像情人绵软的酥手

早起的鸟雀，在飘渺的
绿雾中呢喃
柔曼的歌乐缭绕
又一次把歌乐山的额头轻轻打湿

摇船的女人，用民歌和桂花的嘴唇向我们讲述
歌乐山的美丽传说
她深入水底的桨橹，搅弯了

歌乐山天池

半池倒影，搅碎了一池阳光
她的碎蓝花外套和头巾
已被轻柔的南风浆绿

池岸边，红色的屋顶掩映在一片绿树的温情里
小院的木门“吱呀”一声打开
炊烟升起，桂酒飘香——这歌声里的青山
这绿荫里的村庄
让我坐进缓慢的时光里
聆听、呼吸，并心生敬畏

邓诗鸿 当代诗人。著有诗集多部。

嘉陵江

■ 江西/邓诗鸿

一首诗，在清晨的碧波中轻轻摇晃

绕过梦中的流水、小桥和炊烟
一首小诗,在丝绸般的水面轻轻一闪
小小的水伤，泄露了无意溢出的欢乐
潋滟的碧波上，一页扁舟正踏着水调歌头
在清风中轻轻摇曳：蜻蜓嬉戏着欸乃的橹声
它点水的姿势，恍若一次次美的朴素转身
婉约、纤细，猝不及防……
而那些随风翻飞的小诗，继续追逐、嬉戏
其中的一首，在脸颊上轻轻一啄
让我至今手留余温，暗香盈袖——
——能这样该多好：斜依着青苔疯长的石桥
置身于横舟、暮雨和欸乃的橹声
不放歌，也不幽怨，只是凭栏
一些事物，便在长天和流水之间
猝然惊醒，慢慢地远了，淡了，散了……
就这样，默默地等待着落日平静地降临
红尘喧嚣，慢慢地归隐于一片静寂的水声
仿佛一滴露珠，那样簿，那样轻
——就这样多好：偎依着小桥流水
低低地飞，仿佛一颗心：舒缓、明静，
不染纤尘……

嘉陵江

刘　春 当代诗人。著有诗集多部。曾获华文青年诗人奖、北京文艺奖、广西人民政府铜鼓奖等多种奖励。现为广西省作家协会理事。

变脸

■ 广西/刘　春

我抹下我的脸，让他们
看到我的另一面
而另一面同样不真实
我的表情，如同
这变幻莫测的世界

他们就在下面
瞪着眼，对一把纸扇
发出无尽的欢呼
而所有的惊讶我都已经习惯
是的，我的工作
似乎仅仅是
为了自己——

令我欢乐的
不是人群，不是欢呼
不是排山倒海的掌声
而是人世间
无处不在的
自由

磁器口庙会

黄　芳　当代诗人。曾获女性诗歌年度奖、广西青年文学诗歌奖等多种奖励。著有诗集《一直很安静》等多部。

清　静

——青木关老街

■ 广西/黄　芳

当黄昏行走的人
迈进这条街
他的心，清了

瓦楞高出瓦楞再紧紧相依，门窗
高出门窗再互相张望
老人坐在堆满柴禾的矮墙边
细数着他的山峦与树木
喧嚣之外，孩子
找到了他们的王国。早起的女人
有那么干净的衣领
晚归的男人，篮子里装着
安逸的烟火
而被秋风带往高处的云雀，总会
随着春风轻轻地回来
——这古老的街道
时光遮住时光，而生活的
柴禾，越堆越高

当黄昏行走的人
推开那紧闭或虚掩的门栏
——他的心，静了

瘦西鸿 当代诗人。著有诗集多部。曾获四川文学奖等多种奖励。

大禹会诸侯

■ 四川/瘦西鸿

洪水肆虐滔天下，大禹神行降魔法。
夫归石前且回头，可歌可乐沙坪坝。
——题记

从石头里浮出的几行文字，在歌乐山的密林间奔跑
像无数条河流，穿过时间的峭壁传出漫漶的回声
在这些声音的迷雾之上，大禹乘着一块石头前来
会诸侯于涂山，召众宾歌乐于此
此刻条条大河归顺而去。驯服的洪水在河道里反刍

当一座山把它的传说举过头顶，我听见几粒歌声
在山涧发芽。长出碧绿叶子上晶莹的露珠
照亮那几行文字，在我纷繁的视野里穿行
林丛间的静谧，青苔般写在春天的封面上

而几根曲扎的树枝如蛇，在幽深的时光里攀爬
它要盗取这些文字里的洪水，去浇灭舌尖上的火焰
它要让所有的洪水做它的情人，静卧在它的身体边

从歌乐山幽深的时光，我再次听见内心的洪水
汹涌而来，击打拥堵的神经和淤塞的血管
我如一块石头端坐山间，守着岁月的堤岸
虽然内心泛滥着万顷惊涛，但通透旷达的神情
像被我驯服的时间，一直委蛇在我沉默的脸

大禹会诸侯

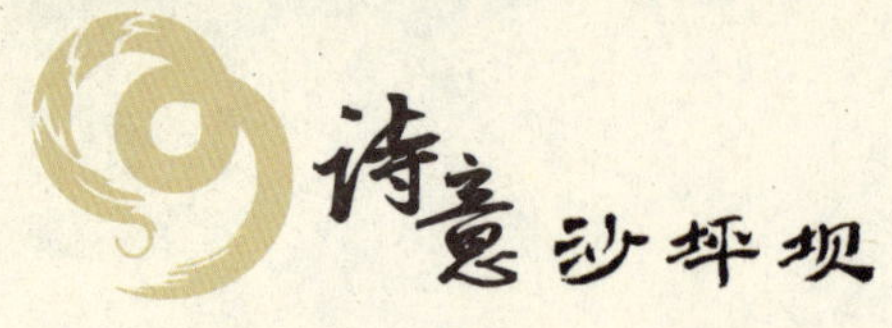

子　川　当代诗人，一级作家。著有诗集多部。曾获紫金山文学奖等多种奖励。现为《扬子江》诗刊主编。

五云山寨

■ 江苏/子　川

建一座寨子
避贼匪　压寨的是一座庙

香客来来往往
向佛祖许愿还愿
报应他们　是一座集中营

生活处处是悖论。
这地方后来成为学校

再后来　成为别的什么
我一点也不惊讶

石阶如故　山门如故
在到处流行山寨版的当下
山寨还是昨天的山寨吗

曾经的香火与往事
并不如烟

五云山寨

胡　弦 当代诗人。著有诗集多部。曾获新世纪十佳青年诗人奖等多种荣誉。现为《扬子江》诗刊编辑。

文昌宫古寨门

■ 江苏/胡　弦

开。关。用最简单的动作
把握生活。
某些紧要关头，细小的门闩
足以改变人间格局。

苔藓和藤条在石壁上攀爬，
莫名的力量仍在追逐，它想
跟上什么事物的脚步？

——也许都在这里，比如信仰；
又像了无踪迹，比如墙碟取消
　的敌意。
好空气，茶香也在弥散，而
　如果
把这称为结局，是否
既无安慰，也无悲戚？
“只要有一道门，
一切仍可以重新开始。”
然而，这不是通往过去的
　台阶。
券顶下，是无法自控的流逝，
但如果你想得多了，
仍会显得拥挤。

文昌宫古寨门

人　邻　当代诗人。著有诗集多部。曾获《星星》年度诗歌奖、黄河文学奖、敦煌文艺奖等多种奖励。

读珂璜云顶寺山洞题刻有感

■ 甘肃/人　邻

珂璜云顶寺山洞题刻

茑萝纷披的山洞，近于虚幻，也近于神迹。
此刻，无人，此刻必得无人，不便有人。
野草攀援而上，如哑然的描绘。
此刻，只是鸟迹，只是羊肠，幽幽暗示。

此刻，题诗的珂璜撒手，已然不见。
云顶煌然烛照，也已然不见。
此刻，一切颓然安然于薄暖、微凉、乍晴和新霁。
夜月凭栏，清霜欹枕，转身满城灯火入楼台。

此刻，这山洞，尘埃的山顶之洞，
九叠烟云缭绕，细处满是露水。
此刻，读那摩崖上錾刻的“忘机”文字，
只能低语：真的是近于虚幻，更近于神迹。

谢荣胜 当代诗人。著有诗集《雪山擦拭的生活》等多部。

巴渝书场写意

■ 甘肃/谢荣胜

香茗徐徐牵着醒木、说书人的马车
在青石板路上
经过巴山蜀水、和隐秘的历史交换呼吸
起起落落，难于上青天的生活
在巴蜀方言曲折的群山中
洒下自己悲欢、爱恨情仇的种子

秦岭、大巴山、巫山、湘鄂山地的回音
拥抱人生欢快的河流
像一个清澈儿童，在长江胡同穿来穿去
沙坝坪温暖的阳光轻轻拥抱一颗颗年轻
或沧桑
而又明亮的额头

舞台上变脸的川剧，
其实就是升起跌落的人生
在另一个远方
自己命运的巴山调和川江号
子的影子中
越走越远

大幕轻启
一个巴人摆下的龙门阵
把我带向遥远故国
青苔一样忧伤的边疆气息

巴渝书场

潘　维　当代诗人。著有诗集多部。曾获柔刚诗歌奖、浙江省优秀文学作品奖等多种奖励。

艺术家村

场景：艺术家村

■ 浙江/潘　维

几间空屋。
几个家庭半辈子与生活搏斗的现场。
一种被废弃的寂静。

除了这些澡堂打杂的底层平凡，还有什么牙疼可以继承？
那喂养脚步的野草，一丛丛拖入鸟声的遗弃物。

一条电线凌乱的穿过灰蒙蒙的天气，电流没有使晾晒的裙子飞起来，
闻得到青年妇女透明皂的肥香；
中午，空气斑驳，土狗和它的忠实在闲逛；
傍晚，炊烟油腻，酒瓶紧张；
麻将思考着如何振兴国粹。

我只是一个梦的定居者，
着迷于拧紧火焰的螺丝，用它的蓝绿色去舔一堆红砖的肉臂；
或者，我是一名屠夫，割下半斤八两月光，
当黑瓦一片片收敛起风的鱼鳞。

我来到这里，仅仅为了外省的团结；
为了寒冷把爱娶回家，也把丑陋娶进蚊帐。

为了虚无，我熄掉引擎，倾斜停放好自身。
如果，艺术的数码技术需要一位村长，
那么，他应该立在墙角：一把扫帚；
他清扫锁孔，让龟裂的意识形态通行。

宋晓杰 当代诗人。著有诗集多部。曾获辽宁文学奖、冰心散文奖等多种奖励。

我没去过三峡广场和重庆

■ 辽宁/宋晓杰

——它定然如我亲见的那样
繁华、热闹、鲜润，笑脸和青春
还有我听不懂的方言
在电脑屏幕上，我用目光
反复抚摸着那些汉字的组合
那些陌生的姓名，正如熟悉的人类
是我的至亲、朋友，以及共和国的昨天

而今，阴霾散尽——
樱、黄花槐、九重葛、腊梅是你的四季
使所有的日子，都是晴天！
不论是金桂、银桂、重榕
还是嘉陵江水汩汩地，奔流向前
所有的沧桑，都是推陈出新
所有的山水、云霓，都是沉静的怀恋

我没去过三峡广场
甚至没去过重庆的任何一个地方
但是，它定如我亲见的那样
如星星般，闪着十字花儿的动人光亮：
一梯一句诗，一步一重天

新生活需要铭记和庆祝
多少次感恩，都不是重复
花儿朵朵，松涛阵阵
你听，是郭沫若、老舍，还是臧克家说——
沙坪坝，从来都是通都的坦途
歌乐山，天生就是歌唱快乐的山

三峡广场

周世通 当代诗人。著有诗集多部。曾获四川文学奖等多种奖励。

磁器口：那些来来去去的影像

■ 四川/周世通

逼仄幽深的老街，布满青苔的矮墙与黑砖灰瓦，写满岁月的暗语
一些古藤长在墙里，就像人挤在人群里张望
历经1800年变迁的磁器口，在一场春雨中与我撞个满怀

建于宋真宗咸平年间的佛教名刹宝轮寺
传说明朝建文帝朱允炆被迫退位削发为僧来此隐避而改称龙隐寺
此时，古寺前那些打坐的石梯早被雨滴一级一级扫亮

磁器口，最早因山有白色巨石崖壁而美其名曰白崖场
清初因盛产青花瓷和转运瓷器扬名，得名瓷器口。因瓷、磁相通
后定名磁器口。那时，日日夜夜，千人拱手与万盏明灯交相辉映

码头已老，拴过船绳的石锁结巴得忘了自己的年代
那些阳光被枝叶瓦片抚摸后不紧不慢化作有重量的光斑星星点点

古镇磁器口游人如织

在带着几许沧桑的老房子和冷青石板上弹出一些叮当作响的节奏

此时，真想让阳光风儿与光阴，静止在那被称做主角的青花瓷上
明暗分明的古戏楼，空，且寂；昔日的灿烂辉煌早已，隐，且退
那把空了多年的椅子，坐在空荡荡的戏里，反复咀嚼忧伤

躺在历经风雨沧桑的小船里，见证镀金的江面上那正收网的渔民
嘉陵江两岸日新月异，淘气的江水像顽皮的孩子
悄悄地拍打了一下我那正在梦呓的脚趾，又迅速地跑开

朦胧中，当年在磁器口出现的那些人物，一个接着一个，回来了
周恩来，蒋介石，林森，冯玉祥，饶国华，郭沫若，徐悲鸿
还有《红岩》小说里的华子良

古镇磁器口

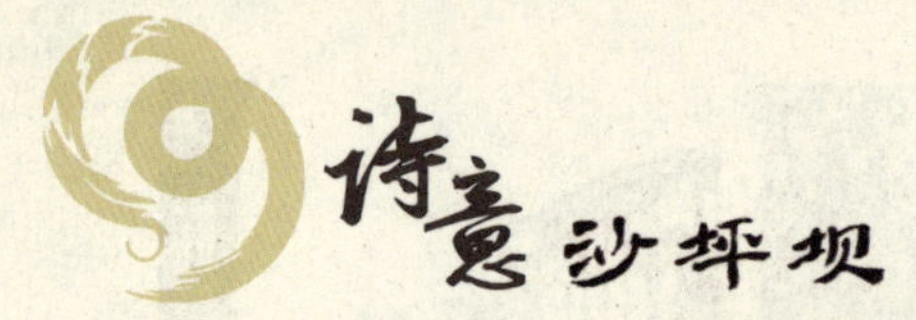

巴渝民居馆

李元胜 当代诗人。著有诗集多部。曾获重庆文学奖、人民文学奖等多种奖励。现为重庆市作家协会副主席。

暮色中的巴渝民居馆

■ 重庆/李元胜

安静啊安静，一个人坐在这样的院落
可以无穷小
而时间可以无穷大
清代以石阶的形式出现
上世纪七十年代以自行车的形式出现
而2011年的落叶，可以敲打
我手里民国的茶碗
让我一惊，心中的茶水
一不小心就泼向了
所有事物的前世

暮色中
一把竹椅能够坐穿多少朝代啊
当我无穷小地
坐在一页书的右下角
翻开的书，被穿堂风吹着
无数个院落，组成了人间
而窗外，宇宙正无穷大地沉着运行

横行胭脂 当代诗人。著有诗集多部。

春在沙坪公园

■ 陕西/横行胭脂

草木的方言已经苏醒：碧草的词根找到了
重庆的体温，无垠的绿展开乡愁之锦，
重庆的春天在用力！娇红若燃，花木带着
沙坪坝人的盛意，时不时从林幕间
探出一只陌生美人的手臂。
青林荫庇，一双双好儿女喁喁私语
倾吐吧，倾吐人世悠久的欢爱。
一汪由南方的清雨构成的美湖，轻灵之舟
在细浪中颠摇，初阳的面纱低垂，
温存地笼着这一湖细致的旋律。
烟光水色淡溟蒙。风景静美，深深地落后于
这个时代的喧杂，它们耐心地爱着每一位嘉客。
暮春春服成，游者热烈，成为风景中的一景，
消除了尘愁，成为与秀景同等的贵族，
三五成群地行走在沙坪公园的灵魂里，
纵享此地贻赠的芬馨。

沙坪公园

王夫刚 当代诗人。著有诗集多部。曾获华文青年诗人奖、泰山文艺奖等多种奖励。

磁器口的陶器

■ 山东/王夫刚

小心翼翼地写下：磁器口的陶器。仿佛
  稍一用力
就会让这被挽留的巴渝遗风
让龙隐镇以后的时光，繁华和衰落
碎在互联网时代。而这里的居民
并不介意一个外地人的担忧
——瓷器代表中国，遗落在嘉陵江畔的
磁器口，只是他们生活的地方。

磁器口陶瓷博物馆

游客喜欢美食街上的毛血旺
软烩千张，椒盐花生
他们却对木竹街，铁货街，陶瓷街
以及米粮帮，篾货帮，木材帮，煤炭帮
津津乐道：白日里千人拱手
入夜后万盏明灯，水陆码头
曾是江湖——有人手植银杏树
有人创办乡村建设学院，有人修筑纪念碑
有人宣传发售《新华日报》
有人治疗牙患并欣然题写匾额
更多的人喝茶，摆龙门阵
更早的时候，是一个失败的皇帝
削发为僧，躲入宝轮寺……
把铺在街面上的青石板踩下去一寸
用了一千多年；再踩下去一寸
还得一千年。街角的老者
边洗麻将边说：“没得耐心做不成
  事情哦。”
斯时，鑫记杂货铺的挑檐阴影
投在高石坎，作为更夫
即便太阳落山，他仍有足够的时间
赢回昨天输走的那几角纸币。

磁器口镇上的杂货铺

刘东灵 当代诗人。著有诗集多部。80后代表诗人。

鑫记杂货铺

重庆/刘东灵

小镇不需要万能钥匙
但生活，总有些疑难
要来到铺子里

林林总总，质朴结实
把每一件物什用得恰到好处
清贫吗？却从来不乏应对之策
着急吗？从容地把某件物什取给我

铺子虽小，但时光多么富足
它精打细算，苦心经营

不买东西
我也愿意和你聊会儿往事
聊会儿磁器口的风土和人情
杂货铺就像一个沧桑的老人
注视着来往的游客，以及变
　幻的历史和风云

古镇磁器口的漆艺

李轻松 当代诗人。著有诗集多部。曾获华文青年诗人奖、辽宁文学奖等多种奖励。

精灵的飞翔

——题磁器口漆艺

■ 辽宁/李轻松

一个精灵，来自万物之华
你有没有翅膀无需知道
我已看见你在时空里飞翔
那黑色的剪影更适于我的幻觉
于混沌、于沟壑、于万仞
照亮了那些我所陌生的事物
和我没有书写过的世界

那腾飞的蹄印沾着露水或者花香
那散落的果实更像寓言
一些遗珠被收在笔下
一些叶子被卷向无边
还有谁轻言这有形的疑问？
和那无形的存在之美？

手艺的思想

——题黄杨木雕

殷常青 当代诗人。著有诗集多部。曾获中华铁人文学奖、中国石油文学奖等多种奖励。

■ 河北/殷常青

一只黄杨木雕香笼，在身边，在幽静的书案，
温润，缜密，氤氲，那是一种手艺的思想——

一个渐渐远去的庄严身影，那欢乐，安静，
那被风吹走的时光，那时光里诗歌的呼吸——

从一棵小叶灌木，到一种手艺缓慢的叙述，
一个多好的民间诗人，在生活里那么深，那么远。

一只黄杨木雕香笼，是形而下的物质，现实和关怀，
一只黄杨木雕香笼，是形而上的思想，智慧和艺术。

它美而具体，委婉而不堂皇，像一条河流，带着
两岸的落花，像多年的爱情，怀念着朴素的细节。

那是一只纸上的月亮，一首诗中时光的停顿，
那是热爱生活的人，替生活描摹出健康的花纹——

那是一个人，年轻或者老迈，都要给尘世带来
灯盏和翅膀，都要给世界带来赞美和香气——

那是一种手艺的思想，一个人心里的祖国，
精神和肉体欢聚在一起，不停地怀念远逝的光阴。

一只黄杨木雕香笼，一个渐渐远去的身影，
返回身边，那生活就要成为一卷手艺的练习册——

仿佛一首现实主义的诗篇，从生活中归来，
还要回到生活中去，在热爱中继续学习热爱。

黄杨木雕工艺流程之—修光

宝轮寺

尤克利 当代诗人。曾获华文青年诗人奖、全国十大农民诗人等多种荣誉。著有诗集《远秋》等多部。

宝轮寺的香火

■ 山东/尤克利

我们都是凡人，都有千千心结
远虑和近忧，需要到一个值得信赖的
理想的殿堂去化解，寻得宁静
都有愿望的种子播撒在心田
等待甘露降下，我们都相信琉璃瓦下面
住着大慈大悲的神仙

在宝轮寺，经久不衰的香火
是你和我、和他的，数不清的一双双
合并成心型的手
举起尘世间最普通最无邪的欲念
完美的顶礼膜拜。每逢此时
我们心甘情愿地变小，心甘情愿地
被俯视，被一股无形的力量打开向善的
天窗

青烟缭绕，千年不曾散去，散去的只是
一茬茬走动在天空舞台上的叶片
一张张似曾相识的面孔，总是来去匆匆
人生苦短，四季交替于这方
有求必应的佛门圣地，梵音响在高处
宝轮寺的香火，一直一直
都将我们谷壳般大小的胸怀释宽

宝轮寺，我离你很远，你离天空很近
心有灵犀

韩宗宝 当代诗人。著有诗集多部。

小重庆碑

■ 山东/韩宗宝

你是中国民居里的经典
你是巴蜀大地的明珠
一个千年的古镇
12条青石板街巷
静静地诠释着岁月和永恒

如今我们在一块石碑前
眺望嘉陵江边当年的水陆码头
万舟竞发的场面和故事
分明龙隐在星罗棋布的明清建筑
吊脚楼和林立的店铺之中

磁器口更深的秘密不是语言
不是渡口　不是码头
也不是盛极一时的那些瓷器
而是川味的现代意识里
那底色依然是浓郁纯朴的古风

小重庆碑

古镇磁器口上的钟家院

江一郎 当代诗人。著有诗集多部。曾获华文青年诗人奖等多种奖励。

古镇磁器口上的钟家院

■ 浙江/江一郎

如果雨天，进入大院，你会看到高挑的
屋檐，雨水落在青石缸，那舒缓的
声响，仿佛来自旧时光

如果天气晴好，在宽敞的天井徜徉
恍若，走进北方庭院
而阳光下闪着幽亮之光的
小青瓦，则让你回到
雅致，恬静的
江南民居

等到月亮升起，远古的月光
有着飘雪的呼吸
被夜风，竹影吹动
恍惚间，你将看见
那些钟家人，消隐多年
踩着月色归来

三色堇 当代诗人。著有诗集《南方的痕迹》等多部。

二郎关

二郎关之魅

■ 陕西/三色堇

让我用鸟鸣擦拭你满山的绿意
用蔓延至内心的美，结晶我的泪水
多少次，我一边清饮，一边抚吻着你峰峦叠翠
我将告诉所有人，翻腾的江水，记忆着你的英勇
都江堰的涛声，漫卷着你跌宕的身影

你将这里的好天气，岷江的涓涓清流交付给人民
那些生命中的霞光，那些青烟与远天的长云
将天界与人界的山水交错辉映

二郎啊，你俊美的面容，魁梧的身姿
其韵，其神雕刻在画鞍山麓，直达关口的穹顶
巴蜀人民赋予你更多的爱
爱你的黄葛树，爱你逶迤的双峰，爱你威武的长袍

阔野的草地，清脆的山峦，会呼吸的石刻
关口的风在经意和不经意间
叙说着一段动人的传说。而水声早已溢满我的眼眶

商 震 当代诗人，编审。著有诗集多部。现为《人民文学》副主编。

重庆莲花湖

■ 北京/商 震

这里，是我成仙的地方

花草树木都悄声私语
风儿在水下面哼唱
白云按时来喂养鱼儿
害羞的月亮只在白云走时
才为鱼儿们梳妆

水的那边
有我的新房
我还没机会去
我正等待迷路的新娘回来
与我一起在莲花湖
长出蝴蝶的翅膀

莲花湖

孙方杰 当代诗人。著有诗集多部。

为重庆海石公园题照

■ 山东/孙方杰

我看到的石头：耸立，纵横，卧行
我看到的树木：郁葱，缱绻，相依为命
两亿年前的一条鱼，被时光抛来抛去
落入红尘，二三重雾，七八叠露
让这层林尽染，风光翠了岩峦

从沧海到公园，用了一块石头的时间
这中间，隔着多少星辰的悲欢离合
隔着多少人间烟火，隔着多少
恋人们的海枯石烂。这时候
多么需要一阵清风
吹过这二十四座山头的明月夜
多么需要巴国公子，和民国的才俊们
重怀古今，轻送年华
多么需要吹过我身边的这阵风
像大海一样有着蔚蔚的蓝色

从樱花山到腊梅山，从黄葛树到水杉

海石公园

如果它们都有一颗心
像我一样，心里充满爱和善良
从内心里敬重：一只蜘蛛的梦想
一只粉蝶的尊严，和从一条石缝
到另一条石缝里藏着的喀斯特地貌的苍茫

石头里的美太多
就难免要水性杨花，就难免要引诱
游人，挥一挥衣袖
像风吹过的香樟树，或者吹过的小叶榕
用枝梢与这些或立或卧石头把手言欢
现在，我必须站上最高的一块石头
俯瞰山间的烂漫。花径下漫步的侣伴
如果爱情永恒，请用你们的柔媚
帮助这些石头，挤走身体里的愁绪
再麻烦你们，把这些岁月闲愁
统统抛回两亿年前的大海

晴朗李寒 当代诗人。著有诗集多部。曾获华文青年诗人奖、闻一多诗歌奖等多种奖励。现为《诗选刊》编辑。

回龙桥

■ 河北/晴朗李寒

回龙古桥——
有没有真龙藏身于此，我不关心。
我只关心：
流水之上，这一块块沉重的石头
如何变得轻盈？
石头不懂人间事，
它拱起的脊背，
让过了多少流逝如斯的岁月，负载了
多少喧哗杂沓的行人和车马？
而谁能听得到
它夜深人静时的一声叹息？

造桥工匠们的姓名，想不起来了，
那些从桥上走过的人，
不论是官宦，还是平民
都化作了同样的烟尘。
而桥还在——
石头，流水，还在。
四季不凋的碧草，风中吟哦的翠竹，
还在。
而桥上走过的，每一天都是新人。

我读不懂你，回龙桥，
但是我看见
这拱围的虚空和水中的倒影，
多少年
都圆满如一轮皎月。

张执浩 当代诗人。著有诗集多部。曾获2002中国年度诗歌奖、人民文学奖等多种奖励。现为《汉诗》执行主编。

题冰心公寓

■ 湖北/张执浩

我对阴凉的理解
不会多于树叶对树叶的理解
它们彼此叠加，犹如一个人
的命运凸显出集体的命运
一树的叶子总是相似的
一树的叶子总有距离
而房子站在几米开外看着
这些树这些叶
而房子的主人昨天很开心
今天有些郁闷
上午还是开心的，下午就难过起来
因为没有风，每一片树叶都很沉重

冰心公寓

国立音乐学院纪念建筑

琴之书

——题国立音乐学院纪念建筑

■ 安徽/许 敏

一泓清泉自天上来。树木葱茏
你用微凉的指尖触摸——这时光的薄刃
心中冰雪消融。玫瑰和爱情的香气
一闪而逝的爱人，你彗星的姿态
诞生出无与伦比的美丽，每一寸土地都
呼吸到积雪与新月的气息，泉水
继续奔流，漫过你的心脏，漫过
起伏群山的倒影，漫过沉重的万物
你咬紧嘴唇，忧伤却又蓄满难言的幸福

孔　灏　当代诗人。曾获华文青年诗人奖等多种奖励。著有诗集《漫游与吟唱》等多部。

磁器口翰林院

■ 江苏/孔　灏

在这里，熊熊烈焰的生涯
也是云卷云舒的生涯
也是五湖四海的生涯
是白丁的生涯、秀才的生涯
也是举人的生涯、翰林的生涯……
那安静的时光已经泛黄了吧
持续了几百年的书声
却还像檐上的绿草一样
年年泛青

既然，石头的鲤鱼都可以跃过龙门
那么在这里
且容我安置下落魄的前生
安置下某个春日午后
树影斑驳的残梦——

那赴京赶考的相公
还站在后花园的墙外　等着秋千
荡起银铃的笑声
或者　他西窗下的烛火吗？

注：磁器口，因清初盛产和转运磁器而得名。

黄金明 当代诗人。著有诗集多部。现为《作品》编辑。

阳光如音符洒落重庆七中

重庆七中（原东川书院）

■ 广东/黄金明

阳光铺满了校园，如音符，如花朵，如赞美诗
美啊，那形如球门的校门，桃李芬芳的园圃
二百多年前的阳光，像粉笔字在黑板上跳跃和闪亮
阳光像波浪在不断地涌现又消逝
往昔的阳光和此刻的阳光，都来自同一颗恒星
飞上半空的足球也模仿太阳的形状。午后的钟声使足球飞行的轨迹微微倾斜
而最终命中球门。这意味着一艘浓雾中的大船
又驶过了不同的海域而有同一个方向
往昔的游行者、革命者和烈士，在洁白的大理石上浮出脸庞
他们曾经呐喊、战斗并慷慨赴死
美啊，从鲜血中获取的自由，如红日在大海分娩并上升
课堂的诵读声和图书室的寂静构成了奇妙的对称
阳光将明亮的教室和幽暗的小树林区分
而更幽暗的是晚香玉持续到傍晚的小花瓣
在操场上踢足球的人，跟课室里做习题的人
都遭遇了敌手而决不退缩。他们在狂奔或沉思中越过障碍
犹如豹子在山冈上锻炼速度和力量，也像树根在地底突进并壮大
“为未来育人，育未来有用的人”[①]，阳光如音符洒落校园的每一个角落
两个在校道上用英语交谈的女生
她们的脸庞犹如清晨滴落露水的葵花
向太阳转去。那个捧读诗集的少年，他看见一群白鸽飞过校园
像白色花在怒放，像正午的阳光在结晶
下课的钟声荡漾如水波，又过于耀眼，跟铺天盖地的阳光相混淆。

---

①语出重庆七中的办学理念：“学生至上，育人为本，为未来育人，育未来有用的人”。

王国平 当代诗人。著有诗集多部。曾获四川文学奖、四川省“五个一工程”奖等多种奖励。

岁月从门口走过

■ 四川/王国平

是谁在午夜　高举着愤怒
命运　青春和理想的火炬
穿过夜色中寂寥的沙坪坝
把一个蒙尘的日子擦亮
把一段沉睡的历史喊醒
把一所学校的名字　用重庆方言
字正腔圆地读了80年

当年校门上“永远解散”的封条
早已真正地烟—消—云—散
而始终不散的　是晨曦中的书声
春风里的桃李和世俗间的信念
是怀抱往事　潮水般聚拢的鱼群

80年的岁月就这样
流水一般　载着豪迈与婉约
驮着春华和秋实　从
一所学校的门前走过
而我们　就是其中的一尾鱼
对着一条名叫重庆一中的河流
做着亿万次的守望和洄游

王黎明 当代诗人。著有诗集多部。曾获首届齐鲁文学奖、第二届全国乌金文学奖等多种奖励。

红歌石

——写给百年磁小

■ 山东/王黎明

千年宝轮寺
大树飞鸟鸣
百年小学堂
朗朗读书声

新学开先锋
启明一盏灯
拳拳爱国心
红岩赤子情

古镇迎霞光
慈母送学童
绿叶配红花
知识育心灵

桃李满天下
巨匠丁肇中
学人走天涯
枝叶同根生

小小红歌石
镌刻五彩梦
来自嘉陵江
播种满天星

2008年，磁器口小学开展“红色经典歌曲传唱”活动，拉开了学校“五彩石园”特色教育活动的序幕。少先队员们利用综合实践课程到嘉陵江边捡拾卵石，亲手把一首首经典红歌和烈士诗抄刻写在这些卵石上，制作出一件件精美的“红歌石”。

唐　诗　当代诗人。著有诗集多部。曾获重庆文学奖，台湾薛林怀乡青年诗奖等多种奖励。

致重庆大学校门

■ 重庆/唐　诗

你高大，宽敞，明亮
春天在这里进进出出

我看见，孔子走进校门，后面
紧跟着老子、孟子、墨子……
当然还有天空和云朵

我看见，马寅初、李四光
吴宓、吴冠中、何鲁……
在不同的教室讲课
听课的除了学生，还有
高山和大海

我看见，周恩来和邓颖超
在1938年和1946年两次被你迎接
为革命师生
带来了惊雷和曙光

我看见，光荣经过你
伟大经过你
而更多的是群星在默默闪光

你什么也不说
屹立在那里，除了迎接
就是欢送……

重庆大学

刘清泉 当代诗人。著有诗集《倒退》等多部。

美院的脸

——题一张有关四川美术学院的照片

■ 重庆/刘清泉

四川美术学院

那是父亲的脸。刻满皱纹的
父亲的脸
在乡野、巷陌和我的脑海里
纵情呼喊

从现在这个角度望过去
我发现美院其实就是一张父亲的脸
在黄桷坪拔掉粉刺，在大学城
迎迓古稀。从纯粹的写实到具体的抽象

明亮渐渐暗隐，声音穿透七十年
从脸到内心。画画的人，都爱父亲的脸
从水里提取水彩，拨开铁栅寻找蓝天
那些一直微笑着看我的，都是年轻人

谁也无法忘记那张脸
他是我们共同的父亲
是小孩、妻子和兄弟同时戴上的面具
把大美引上路，不停，也不留下半点阴影

注：四川美术学院（简称美院）建校已70年，2010年10月举办了盛大的70周年校庆典礼。

冉仲景 当代诗人。著有诗集多部。曾获重庆文学奖等多种奖励。

天鹅的青春

——在重庆大学城里

■ 重庆/冉仲景

因为她们的到来
岁月荡起一圈一圈美妙的漪沦
大学城静静的湖面上
她们身著黑裙
领享明媚的青春

在柴可夫斯基的旋律里
她们追逐、嬉戏、翩跹而舞
不断跟地平线打探远方
坚持向白云学习轻盈
时刻准备飞升

五位同学，五只美丽的黑天鹅
求学于山城重庆
只向往深湛的天空
绝不会着迷于倒影

重庆大学城

邓朝晖 当代诗人。著有诗集多部。

绿色的风

——致重庆南开中学

■ 湖南/邓朝晖

树下是我们茂盛的青春
树下是你等待的脚步
如果梦想还没有到来
请快一些
跟上夏季的风
绿树成荫、骄阳似火
白色运动鞋追逐着时光的脚步

你听见小鸟在歌唱
花朵和生命一齐怒放
你看见大门渐次打开，窗子明亮
你坐在人群中
你走在人群中
绿色的风和信使一阵阵穿过自由的胸膛

重庆南开中学

苏　宁 当代诗人。著有诗集《写给青春》等多部。

阅读时光

■ 江苏/苏　宁

从一棵树到成为一块煤
在天空和大地之间，我们
终将靠一件事物抵挡人生中的
　软弱和迷茫
喧嚣中沉静下来
繁复中剥离出来
灵魂升向高处
在书桌前的，那些时光
那些渐渐的生于肉体的力量

半城山色新醅酒
巴山春雨夜读书
我相信有一天，我们中
　的一些人
仅凭彼此同读过一本书
　而相知
欢笑对饮，没有隔阂
同在一条街上走过
同在一个城市的
一列书架前停留过

陈忠村 当代诗人。著有诗集多部。曾获安徽省文学奖等多种奖励。

重庆档案馆

■ 上海/陈忠村

看到档案馆用重庆命名的时候
我心跳的速度加快2.8倍
世上最近的事就是过去的历史
孩子没有看到过《挺进报》
其实，我也真没看见过
整理一下我和孩子的衣服
再走进——重庆档案馆

必须保持48厘米的距离
“狱中八条”的字迹还没有干
“重庆谈判”桌上茶还冒着热气
记着历史　文明已在社会中成长

档案可以轻轻地翻阅
但有些不想再重新经历
档案馆中请你不要轻易地随便走动
满脸白须　刚刚入睡的老人
说不定他就是我的祖先

黑　枣 当代诗人。著有诗集多部。曾获华文青年诗人奖等多种奖励。

爱上西西弗

■ 福建/黑　枣

我爱上三个席地而坐的背影
爱上书与书架相依为命的动人时光
曾经，我跟灰尘作斗争
把每一个有灵性的字认作襁褓里的婴儿
我引领着灯光和绿叶植物的呼吸
进入它们的梦境……

然后我爱上一段神话
和神话里吃力不讨好的一个叹息
西西弗，日复一日，滚石上山
我和他极其相似，日复一日地
把自己推向快乐的巅峰
旋即，随着绝望“骨碌碌”地跌落
痛苦的深渊

日复一日，我将珍藏起一本画册，
　一张书签
秀发间掺杂肉体的温香
空气中我和你相濡以沫的气息
尘世里的滴水之恩……

重庆沙坪坝区西西弗书店

罗　铖　当代诗人。著有诗集多部。80后代表诗人。

就在这里……

——西永微电子产业园

■ 四川/罗　铖

花卉的嘴唇触碰阳光
就像云的呼吸触碰你的美丽

一园五区，37平方公里
从保税综合区到城市副中心
从物流园到大学城……
那些园区的蝴蝶和蜜蜂们
就飞翔在这温暖的大地上
泼洒着青春的光芒

8英寸的芯片里有多少星座的相爱
集成电路卡里又有多少灿烂的流淌
正如风举着花朵
执着的双手托起庭院座座
正如雨唱着歌来
勤劳的身影倚在远眺的窗前

有人说，那是生命的海洋
有人说，这是信仰的力量

就在这里，无垠的天空
在粗犷的凝视中，也怦然心跳

阿　毛　当代诗人。著有诗集多部。曾获华文青年诗人奖、中国2009年度最佳爱情诗奖等多种奖励。

我所有痴心的旋转

■ 湖北/阿　毛

黑夜的裙将我创造于爱情的光芒中
我生来就是古典的佳人
只为心中的爱情做一个痴情的盲者
存在于岁月的针芒，重重地刺在我身上
在这物欲的世界上，没有什么能让我
成为高空的星星与无可比拟的生命
除了至尊的爱情
我因为什么而轻盈？因为什么而丰腴？
我的每一个眼神都高远而神秘
我身上的每一寸肌肤都充满语言
而谁是理想中的倾听者？
谁是懂得我语言的至上的爱人？
我是天空一样包容星星的女人
我是星星一样缀满天空的女人
风雨将我掩盖，但我并不掩盖自己
　的温情
哦，至上的星星，至上的爱者
我所有痴心的旋转只为醉心的光芒

2006年沙坪坝区新年音乐会

王文海 当代诗人。著有诗集多部。曾获全国煤矿文学乌金奖等多种奖励。

戒牛辞

——宝轮寺禁止宰杀耕牛告示石碑记

■ 山西/王文海

宝轮寺石碑—禁止宰杀耕牛告示碑

嘉陵江稍微侧了侧身
这姿势刚好倾斜了三十度宝轮寺的钟声
纷扰的香火贴着水面席地参禅
只有那通石碑，作为玄铁的一次往生
心处无境，妙智独存
不是因为厚重，而是因为太忠厚
碑文上奔走的除了闪电，还有雷霆

从道光八年开始，借助寺院涌动的梵经
一道碑文安抚了多少耕牛的灵魂
夫牛者，上天玄武之精，下土太劳之气
其形上列天星，其力下輿地利
有功于世，无害于民

一撇一捺，都是念珠在滚动
碑上的沟壑，行走着柔软的春风
非郊祀不敢用，非天神不敢歆
天下生灵皆为吾亲，皆有佛性
就连碑前的青草，也早已成了出家人

我只是路过这里时停顿了一刻
对于被晨光笼罩的这通石碑来说
我最多只是一只牛的样子
因为面对旷野，我有了终生相爱的理由

东方浩 当代诗人。著有诗集多部。

从重庆出发、从长江出发

■ 浙江/东方浩

在西部　在中国大陆的内部
一个叫土主的小镇
那一年　被历史的手指轻轻点拨
这是一种怎样的选择呀
沙坪坝、重庆或者整个中国内陆
就这样被速度的潮流抬起来
一条道路　更多的道路
仿佛纽带　通向无数个远方
通向无数种文字和纷繁的口音、手势

现代化的道路上　奔流的不仅是
钢铁、煤炭、水泥和粮食
更多的是欢乐、希望和美好
每一声鸣笛　是对这片天空的问候
每一次装卸　是对这块陆地的微笑
这是西部对中国、中国对整个世界的
祝福和自信　像花朵像雨水
一支充满力量的队伍　从春天出发
从一个高度升向另一个高度

距离在奔驰中渐渐缩短
幸福的浓度　在奔驰中渐渐醇厚
无论物资　无论情感
被速度演绎出另一种光芒
重庆的十个手指　牵系着多少彩色丝线
她呀　要织出一幅怎样的锦绣杰作
现在让我们一起列队：从重庆出发
从长江出发
青山和流水可以作证
西部的风　要吹遍全世界的舞台

路　也　当代诗人。著有诗集多部。曾获《星星》年度诗歌奖、华文青年诗人奖、新世纪十佳女诗人奖等多种奖励。

兵工库的春天

■ 山东/路　也

507兵工库

春天来了，这里多么寂静
每一座库房都陷入白日梦
冲锋枪拔掉弹匣，手榴弹丢失拉线
轰炸机的仪表失灵，刺刀的刀身躲进刀鞘
水雷拆除了引信，手枪卡住了转轮
防弹衣与弹药箱惺惺相惜
而高射炮爱上了空中自己瞄准的一只鸽子
索性卸下了弹簧和马达
至于坦克，一大簇雨后苔藓润滑了它的履带
竟导致松松垮垮地脱落下来
还有，每一粒子弹的铅芯钢壳都闪闪发亮
打算从此不再让自己飞了
而想倚仗着与笔相似的外形，去画画或者写诗
是的，春天来了，这里多么寂静
金属器械的雄心壮志全都生了锈，全都臆想着
在这世上它们原本可能拥有的其他形状：
比如：婴儿车、蝴蝶发卡、滚动铁环、运动服拉链
钳锅、指甲刀、铅笔盒、项圈、钮扣、别针、眼镜架
就是做做圆珠笔末端那转动的钢珠也是不错的
春天来了，多么寂静的春天
金属们全都屏住呼吸
等着院墙外那棵楝树开出淡紫的花来
哦，春风轻轻吹拂，越过了大门
温柔得仿佛在劝降

胡茗茗 当代诗人。著有诗集多部。曾获叶红女性诗歌奖、河北振兴文艺奖等多种奖励。

梧桐居西永

■ 河北/胡茗茗

究竟是清风吹送的种子
还是雨水滋养的华盖
在西永，在水木丰美的沙坪坝
有希望亭亭，有光束玉立
有打开的怀抱接引五彩凤凰
凤凰盘旋，凤凰栖息高鸣
被翅膀剪开的天空
云层心领神会地聚拢
这天上人间的大美
顺势而来，依势传承
这满树满枝结出浩大的果实啊
看，它们分别是远见、遇见
以及十平方公里的相见欢

生长，在所有酣畅淋漓的飞翔下
向上开花。当方向清晰而坚定
道路光明，山河富足
甚至光阴都得到安顿
情愿久居，再久居……

西永综合保税区

唐以洪 当代诗人。著有诗集多部。曾获全国十大农民诗人、郭沫若诗歌奖等多种奖励。

素描沙坪坝

浙江/唐以洪

磁器口就是沙坪坝的一张口，朝着
滔滔的嘉陵江水，朝着来往的车辆和行人
她在说些什么？在说那些一色的青石板路
还是在说着它历史的沧桑？哦，听见了，她在说
她在说挖土机开进了她的村庄
用铁臂挖出了传奇的故事，和一张又一张笑脸。
她在说坚硬的混凝土，建出了高高的楼房
她在说那些街道、公园，像姹紫嫣红的春天一样
她在说加速的公路、来往的轮渡将沙坪坝人的幸福
一吨吨地运往了四面八方
她在说一列列火车幸福地奔跑着
载着红色的传奇一次次穿过历史的光影
载着巴渝的风流走向美好的未来和远方

沙坪坝全景 龙炳生摄